Regina Grünkrapp 6c

Henny Fortuin • Die Nacht des dunklen Mondes

OMNIBUS

DIE AUTORIN

Foto: © Uitgeverij Ploegsma

Henny Fortuin wurde 1954 geboren. Sie ist Psychologin und arbeitete lange beim Schulberatungsdienst in Rotterdam. Inzwischen leitet sie eine eigene Praxis. »Die Nacht des dunklen Mondes« schrieb sie für ihren Sohn, als er sie um eine Indianergeschichte bat. Dabei war ihr Anliegen vor allem, die Verbundenheit der Indianer mit den vier Elementen zu zeigen: Wasser, Erde, Luft und Feuer. Henny Fortuin lebt mit ihren zwei Kindern in Rotterdam.

Henny Fortuin

Die Nacht des dunklen Mondes

Mit Illustrationen von Henk Kneepkens

Aus dem Niederländischen
von Griet Ilona Hellinckx

OMNIBUS

OMNIBUS

Band 20996

Der Taschenbuchverlag
für Kinder und Jugendliche
von Bertelsmann

Umwelthinweis:
Dieses Buch wurde auf chlorfrei
gebleichtem Papier gedruckt.

Erstmals als OMNIBUS Taschenbuch Mai 2001
Gesetzt nach den Regeln der Rechtschreibreform

Die Originalausgabe erschien unter dem Titel
»Donkere Maan« bei Uitgeverij Ploegsma bv, Amsterdam
Übersetzung: Griet Ilona Hellincks
Umschlagbild: Klaus Steffens
Umschlagkonzeption: Klaus Renner
Lektorat: Sylke Hachmeister
st · Herstellung: Peter Papenbrok
Satz: Uhl + Massopust, Aalen
Druck: Presse-Druck, Augsburg
ISBN 3-570-20996-2
Printed in Germany

www.omnibus-verlag.de

10 9 8 7 6 5 4 3 2 1

Für Simon

Simon, du fragst mich nach einer Geschichte,
einer wahren Geschichte.
Du weißt doch, dass alle Geschichten wahr sind.
Aber gut, ich werde dir meine Geschichte erzählen.
Dann kannst du sicher sein, dass sie wahr ist.
Womit soll ich beginnen?
Mit dem Anfang, wirst du sagen,
doch wo ist der Anfang?
Lass mich mit dem ersten Schnee beginnen, der früh fiel
in jenem Jahr vor langer Zeit …

Inhalt

Mein Freund

Mein Freund
Sie werden wiederkommen
Auf der ganzen Erde
Werden sie wiederkommen
Uralte Weisheiten der Erde
Uralte Lieder der Erde
Sie werden wiederkommen
Ich gebe sie dir weiter
Und durch sie
Wirst du verstehen
Wirst du sehen
Dass sie wiederkommen werden
Hier auf der Erde

Nach einem Lied von Crazy Horse

Der Sturz des Schwans

In der Nacht hatte es geschneit. Wegen der dicken Schneeschicht, die das Sonnenlicht aussperrte, war es in unserem Tipi dunkel. Es war gleichgültig, ob ich meine Augen offen oder geschlossen hatte, so dunkel war es.

Ich war durch die Totenstille aufgewacht und lauschte gespannt, hörte aber nichts, kein einziges Geräusch. Keine Vögel, die im Morgenlicht zwitscherten. Keine Schritte und kein Geraschel um das Zelt. Kein Lüftchen in den Bäumen. Nicht einmal die ruhigen Atemzüge meines Bruders und meiner kleinen Schwester waren zu hören.

Ich fuhr auf und tastete neben mich, wo Fliegender Hirsch, mein Bruder, liegen sollte. Seine Schlafstätte war leer!

Ich wusste nicht genau, was das zu bedeuten hatte, aber eines wusste ich genau: Ich musste mich beeilen. Schnell schlug ich mir das Lendentuch um und rannte hinaus.

Eine schneeweiße Welt lag glänzend im grellen Sonnenlicht und blendete mich. Deswegen war es so still gewesen: Der Schnee hatte jegliches Geräusch gedämpft. Ich zitterte. So gut oder so schlecht, wie das auf nackten Füßen ging, rannte ich durch den Schnee zum Fluss.

Die anderen Jungen unserer Gruppe waren bereits dort. Ich sah ihre Spuren im Schnee und konnte auch ihre Stimmen hören. Ich flehte mein Totem, den Wilden Schwan, an, mir zu helfen. Und im Rhythmus meiner unsicheren Schritte betete ich zu ihm: »Nicht der Letzte! Bitte nicht der Letzte.«

Schon drei Tage hintereinander war ich der letzte der Jungen gewesen, die am Morgen ein Bad im Wasser des Flusses nahmen. Sie hatten mich ausgelacht. Vor allem Schneller Pfeil, der Anführer der Gruppe. Er hatte sich bereits einen eigenen Namen verdient und durfte sogar eine Adlerfeder zum Beweis für seinen Mut tragen.

Schnell, noch schneller als sonst, versuchte ich vorwärts zu kommen. Bis ich am höchsten Punkt des Ufers angelangt war, wo man die Biegung des Toter-Mann-Flusses ganz überblicken konnte. Sie waren alle dort. Alle sieben standen sie bis zum Nabel im kalten Wasser. Und ich war wieder der Letzte!

Am liebsten wäre ich umgekehrt. Wie ein geprügelter Hund wollte ich mich vor den lachenden Gesichtern der anderen verstecken. Aber wer will schon ein Feigling sein? Also kletterte ich unverdrossen hinunter. Ich riss mir die Hand an einem hervorstehenden Zweig auf. Aber die Kälte betäubte jedes Gefühl und ich bemerkte nicht einmal, wie die Blutstropfen eine rote Spur im Schnee hinterließen. Das habe ich erst später erzählt bekommen.

Schneller Pfeil bemerkte mich als Erster: »He, Dunkler Mond«, rief er, »hast du gut geschlafen?«

Die anderen lachten und stimmten ein:

»War es so warm im Bettchen?«

»War es dir draußen zu kalt?«

»Musst du dich nicht bei deiner Mutter wärmen?«

»Faulenzer.«

»Schlotterjan.«

»Mädchen.«

Das war das Wort. Das Schimpfwort, das ich am meisten gefürchtet hatte, wurde von den anderen übernommen. Und während die Kälte ihre Körper rot und ihre Lippen blau färbte, riefen sieben Jungen im Chor: »Mädchen! Dunkler Mond ist ein Mädchen!«

Ihre Stimmen gellten mir in den Ohren, dröhnten mir im Kopf. Sie nannten mich ein Mädchen. Es tat mir bis in die Seele weh. Was konnte ich tun? Wie sollte ich beweisen, dass ich kein Mädchen war, sondern ein Krieger, tapfer und stark? Wie konnte ich meine Ehre retten und verhindern, dass sie mir ein Kleid anziehen und mich auslachen würden? Wie

konnte ich die quälende Hänselei »Mädchen, Mädchen« beenden?

Ich würde länger als Schneller Pfeil in dem eiskalten Wasser bleiben ... Nein, das ging nicht, denn ich hatte keine Ahnung, wie lange er schon im Wasser war.

Sollte ich von hier aus ins Wasser springen? Aus dieser Höhe? Das hatte noch nie jemand vorher gemacht. Das Wasser war an dieser Stelle nicht tief. Es war gefährlich.

Ich stand still. Im Nachhinein denke ich, dass die Kälte nicht nur mein Gefühl, sondern auch meinen Verstand betäubt hatte.

Ich sah auf die Jungen dort unten. Ich sah auf das stetig strömende Wasser. Ich spürte, wie meine Füße auf dem glatten Hang einen Halt suchten. Und ich bat Wilder Schwan mir zu helfen. Dann warf ich mein Lendentuch ab und atmete tief ein. Die kalte Luft riss meine Lungen auf. Ich streckte die Arme hoch über den Kopf, ging in die Knie und stieß einen lauten Schrei aus, um meine Angst zu übertönen.

Aber als ich abspringen wollte, rutschte mein Fuß im Schnee weg. Was eine Heldentat sein sollte, wurde ein völliger Misserfolg.

Verblüfft schauten die sieben Jungen zu, wie ich mit den Armen ruderte, um mein Gleichgewicht wieder zu finden, aber es war ein hoffnungsloser Versuch. Ich gab mich dem Sturz hin. Und so elegant wie möglich, meinem Totem, Wilder Schwan, würdig, ließ ich mich hinunterfallen.

Bei Weißer Wind

An das, was danach passierte, kann ich mich kaum noch erinnern. Ich weiß es vor allem vom Hörensagen. Es war, als wäre ich in ein schwarzes Loch gestürzt, in dem die Finsternis mich liebevoll aufnahm, mich pflegte und mir schließlich eine Vision schenkte. Aber das erzähle ich später.

Sie wickelten mich in Felle und brachten mich zum Tipi unseres Medizinmannes Weißer Wind. Sein Tipi lag außerhalb des Kreises unserer Tipis und war für uns Jungen verbotenes Gebiet. Es war heilig und gefährlich zugleich. Es wurde von Geistern bewohnt, von guten, aber auch von bösen, die einen krank machen oder sogar dafür sorgen konnten, dass man starb. So war es mit Hämmerndes Herz geschehen.

An einem Tag im letzten Sommer war Hämmerndes Herz auf der Suche nach Tabak gewesen, aber keiner wollte ihm welchen geben, weil er ihn schnell und ohne Ehrfurcht rauchte. Daraufhin war er in das Tipi von Weißer Wind geschlichen, um dort Tabak zu stehlen. Der Medizinmann kam jedoch schneller zurück als erwartet und erwischte Hämmerndes Herz.

Der ganze Stamm hatte vor Angst gezittert, als Weißer Wind seinen Fluch über ihn aussprach. Die Klänge waren wie zischende Schlangen zwischen allen Tipis hindurchgekrochen und jeder, der den Fluch hörte, hatte geschaudert. Mitten im Sommer war aus Mutter Erde ein Duft von Regen aufgestiegen.

In Panik war Hämmerndes Herz zu Traum, der Kräuterfrau, gerannt. Genau wie der Medizinmann verfügte sie über magische Kräfte und wohnte außerhalb des Kreises der Tipis, tief versteckt im Gebüsch, wo Kräuter, Tiere und Zauberei sie beschützten.

Traum wollte ihm nicht helfen, vielleicht konnte sie es auch nicht, vielleicht war der Fluch sogar ihr zu mächtig.

Da senkte Hämmerndes Herz den Kopf und verabschiedete sich. Er ging in den Wald, ohne Speer, ohne Pfeil und Bogen, ohne Messer, mit bloßen Händen.

Weißer Wind saß still vor seinem Tipi.

An dem Abend fing es an zu regnen, und das mitten im Sommer!

Die Kinder meinten in der Nacht Geschrei zu hören, aber der Regen schlug auf die Tipis, rauschte zwischen den Bäumen und der Fluss strömte wild. Es gab viele seltsame Geräusche in der Nacht. Und der Regen ließ nicht nach.

Weißer Wind saß vor seinem Tipi und dort saß er

am nächsten Morgen immer noch. Sie fragten ihn, wo Hämmerndes Herz sein könnte. Er sagte nichts, sondern wies ihnen nur die Richtung. Die Kinder schlichen hinter den Männern her in den Wald, wo alles vor Wasser triefte und der Boden an den Füßen sog.

Sie fanden ihn sitzend, mit dem Rücken an einen Baum gelehnt, genau an der Stelle, die Weißer Wind angegeben hatte. Es sah aus, als ob er schliefe, aber er war tot. Einfach so, es war keine Wunde zu sehen, nichts, und doch war er tot.

Erst als wir ein Tipi über dem Grab von Hämmerndes Herz aufgestellt hatten und der Wind dort hindurchwehte, hörte der Regen auf.

Weißer Wind erhob sich von der Stelle, auf der er die ganze Zeit schweigend gesessen hatte, lächelte die Sonne an und verschwand in seinem Tipi.

Dasselbe Tipi, in dem ich nach meinem missglückten Sprung lag und das von den Kindern ehrfürchtig und aus sicherer Entfernung beobachtet wurde. Sie lauschten den Liedern, die Weißer Wind sang. Sie hörten, wie er murmelte, und sie fingen fremde Klänge auf.

Es hörte nicht auf zu schneien, und was auch immer im Tipi von Weißer Wind geschah, von außen war nichts zu sehen. Schließlich lockte der Schnee die Jungen einen nach dem anderen weg und nach einigen Tagen war beim Tipi des Medizinmannes niemand mehr zu sehen.

Es wurde ein strenger Winter. War der Schnee zuerst in großen Flocken hinuntergewirbelt, so verwandelte er sich später in ein wahres Schneegestöber, das durch die kleinsten Ritzen des Tipis drang und eisige Kälte mit sich brachte. Der Schnee bedeckte auch alle Spuren, wodurch die Jagd immer schwieriger wurde.

Viele unserer Leute litten in diesem Winter Hunger.

Ich lag im Tipi von Weißer Wind und der Winter zog an mir vorbei. Ich war in einen tiefen Schlaf versunken und hatte keine Vorstellung von Zeit. Alles um mich herum war schwarz.

Bis zu dem Augenblick, als ich die Stimme hörte. Es war eine Frauenstimme. Sie erklang von weit weg und dennoch wachte ich auf, als sie mich rief.

»Dunkler Mond«, rief die Stimme. Ich öffnete die Augen und sah nichts als dunkles, düsteres Schwarz. Nein, tiefer noch als schwarz, blau-schwarz war die Finsternis.

»Schau«, sagte die Stimme.

Ich starrte in das Nichts um mich herum. Ich schaute in die Tiefe. Weit, weit unter mir sah ich einen schwachen Lichtschimmer. Ich versuchte genauer hinzusehen und es schien mir, als würde ich mit Schwindel erregender Geschwindigkeit hinuntersausen. Ich hielt den Atem an, aber es dauerte so lange, dass ich panisch wurde und nach Luft schnappte. Goldene Feuerbälle schossen haarscharf an mir vorbei.

Plötzlich stand ich neben dem, was ich von weitem nur schwer hatte erkennen können. Auf dem Fell eines Elches lag reglos ein Junge. Ich brauchte nicht hinzuschauen, um zu wissen, dass ich selbst es war, der da lag. Ich beugte mich über den Jungen. War er tot? Nein, er atmete noch, unhörbar, kaum sichtbar. Ich wollte mich umschauen und sehen, wo ich war und wo der Junge war.

Da fing der Boden unter meinen Füßen an sich zu bewegen. Mit kleinen Stößen. Erst dachte ich noch, vor Angst wären mir die Knie weich geworden. Aber es war der Boden, der nachgab. Er bebte leicht auf und ab und ich bekam ein mulmiges Gefühl im Bauch.

Unter meinen Füßen entdeckte ich dicke Äste, die mit Weidenrinde geschickt zusammengebunden waren. Es war ein Floß. Ich stand auf einem Floß. Es war gerade groß genug für mich und für das Ich auf dem Elchfell. Das erklärte das leichte Schaukeln. Ich stellte mich breitbeinig hin und passte mich dem Plätschern des Wassers an. So stand ich sicherer.

Das Floß trieb auf einem großen See. Offenbar gab es keine Strömung, keinen Wind. Das Floß schaukelte nur auf und nieder, ohne Ziel und ohne Richtung.

Ich beugte mich über mich selbst. Das sah nicht gut aus. Ich wusste, dass ich schnell das Ufer erreichen musste, wenn ich jemals gesund werden wollte. Ich wusste nur nicht, wie.

Wir lagen mitten auf dem See, der so riesig war, dass am Horizont kein Ufer zu erkennen war.

Wie sollte ich ohne Wind und ohne Strömung ein Ufer erreichen? Ich schaute auf. Würde die Frauenstimme mir einen Rat geben? Aber nein, in der unendlichen Stille konnte ich nur meinen eigenen Atem hören.

Mutlos ließ ich mich auf das Floß fallen. Sofort fing es heftig an zu schaukeln und ich sah, wie der Junge auf dem Elchfell wegrutschte. Schnell zog ich ihn zurück. Ich musste etwas unternehmen, und zwar schnell.

Hätte ich nur so etwas wie ein Paddel, dann könnte ich wenigstens vorwärts kommen. Das brachte mich auf eine Idee. Vorsichtig fing ich an, den äußersten Ast des Floßes zu lösen. Er war so dick wie ein kleiner Baumstamm. Ich musste höllisch aufpassen, damit sich keine weiteren Äste lösten. Dann würde das ganze Floß auseinander fallen und daran wollte ich lieber nicht denken. Ich pfriemelte den Knoten auf, löste die Weidenrinde und knüpfte sie gleich wieder so fest wie möglich. So gelang es mir schließlich, den ganzen Ast herauszuholen. Ich war zufrieden mit mir selbst, obwohl das alles sehr lange gedauert hatte. Ich machte mir Sorgen um den kranken Jungen. Wie viel Zeit hatte er noch? Und in welche Richtung mussten wir?

Eine furchtbare Ahnung stieg plötzlich in mir auf.

War ich vielleicht schon tot und auf dem Weg in die andere Welt, wo unsere Ahnen auf uns warteten? Ich schüttelte den Gedanken von mir ab. Der Junge auf dem Elchfell war nicht tot. Noch nicht. Ich beschloss in Richtung Sonne zu rudern, das schien mir sicherer.

Die Anstrengung tat mir gut. Ich gab mein Möglichstes. Meine Schultern und Oberarme schmerzten, an meinen Händen bildeten sich Blasen und der Schweiß lief mir über die Stirn. Die Sonne brannte gnadenlos. Noch immer war nur Wasser zu sehen. Kein Land, keine Wolke am Himmel. Nur Wasser, Wasser und nochmals Wasser unter einem strahlend blauen Himmel. Endlos.

Ich fing an den Mut zu verlieren. Die Schinderei hatte überhaupt keinen Sinn. Dennoch beschloss ich weiterzumachen. Ich bat den Großen Geist, mir zu helfen und den Wind auf meinen Weg zu schicken, sodass ich schnell vorankommen würde. Ich betete zu meinem Totem, Wilder Schwan. Ich sang sein Lied, das Lied des Wilden Schwans, und ruderte in seinem Rhythmus weiter, fest entschlossen, das Ufer irgendwie zu erreichen.

Ich weiß nicht mehr, ob ich erst das Geräusch hörte und dann einen undeutlichen Punkt am Horizont sah oder ob ich erst den Punkt entdeckte und danach das leise Geräusch der Flügelschläge hörte. Ich sang das Lied des Wilden Schwans. Und da kam mit langsamen, aber starken Schlägen aus der Ferne ein Vogel herangeflogen. Mein Herz füllte sich mit Hoffnung und ich dankte meinem Totem und vor allem dem Großen Geist, der Hilfe geschickt hatte.

Es war ein Schwan, aber er war größer als der wilde Schwan. Als er in die Nähe des Floßes kam, beschlich mich wieder die Angst. Er würde doch nicht einfach an mir vorbeifliegen?

Ich traute mich nicht, den Schwan zu rufen; womöglich hätte ich ihn erschreckt. Aber wie konnte ich ihn zu meinem Floß locken?

Da spreizte der Schwan die Flügel und schwebte in einem großen Bogen auf das Floß zu. Meine Seele hüpfte vor lauter Freude. Aus dem strahlend blauen Nichts war er aufgetaucht, um mir zu helfen. Aber wie?

Er schaute auf den Jungen und dann auf mich. Ich wusste nicht, was ich sagen sollte, und stand einfach da mit meinem Ruder in der Hand.

»Gib mir ein Seil«, sagte der Schwan. Seine Stimme klang wie die eines weisen Mannes, wie die Stimme von Weißer Wind.

Wo sollte ich ein Seil hernehmen? Aber es war, als würde der Schwan meine Gedanken lenken, denn mein Blick fiel auf die Weidenrinde, mit der die Äste des Floßes zusammengebunden waren. Sie waren an fünf Stellen miteinander verbunden. Die mittlere Reihe konnte ich ohne große Gefahr lösen. Erneut bastelte ich an den Zweigen herum. Es war nicht einfach, denn sie waren sehr fest zusammengebunden und die Weidenrinde durfte nicht reißen. Ich bewunderte das Geschick desjenigen, der das Floß gebaut hatte, auch wenn ich mir jetzt wünschte, er hätte es weniger gründlich gemacht. Die Weidenrinde ließ sich nur schwer lösen.

Schließlich gelang es mir und ich war froh, dem Schwan das Seil anbieten zu können. Er saß still auf dem Rand des Floßes, groß und majestätisch, wie nur ein Schwan es sein kann.

»Binde es fest«, sagte der Schwan und ich band die beiden Enden an das Floß. Der Schwan nahm das Seil in den Schnabel, spreizte die Flügel und …

Und dann nichts mehr. Wie gern hätte ich den Schwan aufsteigen und mit seinen mächtigen Flügelschlägen das Floß über das Wasser ziehen sehen. Ob er das Floß mit sich in die Luft gezogen hätte?

Ach, ich phantasiere nur. Die Wahrheit ist, dass ich weiter nichts weiß. Gar nichts.

Bis ich wieder zu mir kam, Monate nach dem Sturz, im Tipi von Weißer Wind.

Das Lied des Frühlings

Das Erste, was ich sah, als ich die Augen öffnete, waren die Augen von Weißer Wind. Sie waren schwarz, schwärzer als die Nacht.

Es gelang mir nicht, meinen Blick scharf zu stellen, und ich schlief wieder ein. Aber mein Schlaf war jetzt nicht so tief und er war mit Erinnerungsfetzen durchsetzt. Ab und zu war ich bei Bewusstsein. Ich hörte Weißer Wind, der im Tipi emsig beschäftigt war, oder es war gerade außergewöhnlich still, wenn er neben meinem Bett saß. Er war von unbekannten Düften umgeben, die mein Herz erleichterten.

Ich kann mich nicht entsinnen, Schmerz gehabt zu haben. Es kam mir vor, als wäre mein Gefühl verschwunden und käme erst ganz allmählich zurück. Ich spürte, dass ich auf einer harten Unterlage gebettet war. Manchmal drehte Weißer Wind mich auf die Seite und schob rote Erde unter mein Elchfell, dann drehte er mich wieder zurück. Der Boden fühlte sich warm und angenehm an. Das Blut strömte wieder durch meine Adern, die Luft füllte meine Lungen. Ich wusste, dass es mir bald wieder besser gehen würde. Die ununterbrochene Finsternis löste sich auf. Es gab wieder helle Tage und dunkle Nächte.

In dieser Zeit setzte sich Weißer Wind oft zu mir und sang mir Lieder vor. Ich konnte sie damals nicht mitsingen, mir fehlte der Atem. Aber sie haben mich zutiefst beeindruckt. Ich kenne sie noch alle und singe sie jetzt oft selbst. Insgeheim glaube ich sogar, dass die Lieder mich geheilt haben. Lieder voller Weisheit der Erde. Und Weißer Wind sang sie für mich.

Ich gewöhnte mich an die Düfte, die den Medizinmann umgaben, und lernte sie zu unterscheiden. Ab und zu kam Traum, unsere Medizinfrau, in das Tipi. Sonst kam niemand.

Unter dem warmen Elchfell spürte ich, wie die Sonne an Kraft gewann, so wie ich selbst. Und schließlich kam der Augenblick, da Weißer Wind neben mir saß und sagte: »Jetzt musst du aufwachen, Dunkler Mond. Der Winter ist vorbei.« Er lächelte. »Wir bauen unsere Tipis ab und ziehen in die Ebene, wo der Bison auf uns wartet.«

Ich befeuchtete meine Lippen und fühlte mich wie ein Bär, der zu früh aus seinem Winterschlaf geweckt wird. Am liebsten hätte ich mich umgedreht und mich noch kurz an den behaglichen Gerüchen meiner Schlafstätte gewärmt.

Aber das Lächeln des Medizinmannes war unerbittlich. Er stützte mir den Rücken, bis ich aufrecht saß. Es war schrecklich. Die Wände des Tipis drehten sich wie Blätter im Wind um mich herum. Meine Augen drehten sich. Und mein Magen ebenso. Aber ich blieb sitzen und spürte, wie Weißer Wind mich stützte.

So gerade zu sitzen war am Anfang schon schwierig genug. Aber Weißer Wind war geduldig. Er stützte mich weiterhin und sang ein Frühlingslied. Während er sang, ließ ich die Worte in mich eindringen. Er sang vom Wasser im Fluss, wie es zuerst ruhig strömte, aber jetzt durch die Schneeschmelze in den Bergen zu einer strudelnden Masse wurde, die alles, was fest oder lose war, in ihrer Fahrt mit sich schleppte. Er sang von dem vielen Grün, das einen ganzen Winter lang tief im Boden darauf gewartet hat, dass die Sonne die Erde erwärmt und befruchtet. Als er von der Sonne sang, sehnte ich mich danach, ihre Wärme auf meiner Haut zu spüren.

Obwohl ich nur wenig von dem strengen Winter mitbekommen hatte, verlangte ich nach der Wärme und der Kraft des Frühlings.

Weißer Wind zog seine Hand weg und ich war stark genug, um sitzen zu bleiben. Er öffnete den Vorhang seines Tipis. Helle Sonnenstrahlen schienen herein. Das Licht war zu grell für meine Augen, aber wohltuend für meinen Leib.

Weißer Wind summte ein Lied. Ich genoss die Wärme und das Licht der Sonne und fand so schon bald die Kraft aufzustehen. Aber ich überschätzte meine Beine, die monatelang nicht im Einsatz gewesen waren und mir jetzt fast unter dem Körper zusammenbrachen.

»Hoho«, sagte Weißer Wind. Gerade noch rechtzeitig fing er mich auf. »Nicht zu schnell. So einfach geht das nicht!«

Er hatte Recht. Ein paar Tage dauerte es noch, bis ich ohne Hilfe stehen konnte und vorsichtig Schritt für Schritt anfing zu gehen.

Als ich das endlich konnte, bedankte ich mich bei Weißer Wind, wenn ich ihm auch niemals genug würde danken können, und machte mich auf den Weg nach Hause: zu unserem eigenen Tipi, zu meinem Vater und meiner Mutter, meinen Großeltern und meinem Bruder und meiner Schwester.

Ach, wie herrlich ist es, nach langer Zeit wieder zu Hause zu sein, bei denen, die einem am Herzen liegen.

Es wird gesagt, eine schlechte Nachricht verbreite sich so schnell wie der Flügelschlag eines Kolibris. Aber auch eine gute verbreitet sich so schnell wie der Seufzer eines zarten Frühlingswindes.

Meine Mutter, Rubin, kam mir zusammen mit Traum, der Medizinfrau, entgegengelaufen. Sie stützten mich, betasteten meine Beine und meinen Kopf. Sie sagten, ich sei so gewachsen. Sie beschnupperten meinen Nacken und sagten, ich würde schnell wieder gesund sein. Sie lachten vor Glück und machten dieses hohe, glucksende Geräusch hinten in der Kehle, das nur Frauen bei besonderen Ereignissen machen.

Ich fühlte mich geehrt und ausgelassen zugleich. Alle kamen, um mich anzuschauen und anzufassen. Es wurde gelacht und geschubst. Der eine sagte, es sei ein Wunder, der andere, ich sähe doch blass aus. Mir wurde ganz schwindlig davon. Todmüde erreichte ich unser Tipi.

Leider war mein Vater nicht da. Zusammen mit meinem Bruder hatte er sich auf die Suche nach dem Bison gemacht. Ein Stich von Eifersucht durchbohrte mein Herz. Wie lange würde es dauern, bis ich alt und stark genug wäre, um mit auf die Jagd zu dürfen?

Schmerzmädchen

Zweimal im Jahr zogen wir um, im Frühling und im Herbst. Wenn die Sonne am Ende des Sommers an Kraft verlor, zogen wir zu unserem Winterlager. Es lag am Fuße der Blauen Berge, zwischen Bäumen und Gebüsch, vor Schneestürmen und vor Feinden geschützt. Sobald der Frost aus dem Boden wich, zogen wir zum Sommerlager. Es lag näher an der großen Ebene, dort, wo die Berge an den Großen See grenzten, ungefähr zwei Tagesmärsche von unserem Winterlager entfernt.

Wir standen jetzt schon mehr als zwei Wochen auf unserem Sommerplatz und es war viel Betrieb. Das war zwar immer so im Sommerlager, aber jetzt umso mehr, denn die erste Bisonjagd stand bevor. Für uns Jungen war das eine Chance, unseren Mut und unsere Tapferkeit zu beweisen und uns einen eigenen Namen zu verdienen.

Den Namen »Dunkler Mond« habe ich bei meiner Geburt bekommen, weil der Mond damals dunkel war. Jetzt würde ich mir einen neuen Namen verdienen können. Jedenfalls ... wenn ich mit auf Bisonjagd durfte.

Schneller Pfeil ging natürlich mit. Der hatte sich ja sogar schon eine Adlerfeder verdient. Und Fliegender Hirsch, mein Bruder. Aber wer würde der Dritte sein? Dem Alter nach war ich an der Reihe. Aber die Wahl wurde nicht nur vom Alter bestimmt. Es kam auf Geschwindigkeit, Kraft und Mut an. Und obwohl ich kein Feigling war, konnte ich mich nicht gerade schnell oder kräftig nennen. Der Sturz war mir nicht gut bekommen. Wenn ich müde war, taten mir alle Rippen weh. Aber ich trainierte nach dem Vorbild meines Totems, Wilder Schwan. Ich würde meinen Hals und meinen Rücken trainieren, bis sie so geschmeidig wie die von Wilder Schwan wären. Ich übte, so zu laufen, wie der Schwan schwimmt, unbemerkt, elegant gleitend, als bräuchte er keine einzige Bewegung zu machen, um vorwärts zu kommen. Scheinbar mühelos.

Und ich lernte, erst zu denken und dann so wenig Aufhebens wie möglich um die Dinge zu machen, die getan werden mussten.

Nur hatte ich nicht sehr viel davon, denn die Jungen unserer Gruppe ließen keine Chance ungenutzt, sich miteinander in Mut, Tapferkeit und Kraft zu messen. Ich verlor an allen drei Fronten, obwohl ich zu den drei Ältesten zählte. Sogar bei den »brennenden Nadeln« verlor ich.

Wir zupften Tannennadeln ab und hielten sie ins Feuer. Auf ein Zeichen hin legten wir uns alle gleichzeitig ein paar schwelende Nadeln auf den linken Handrücken. Wer die meisten Nadeln am längsten auf der Hand halten konnte, war der Sieger und zeigte voller Stolz jedem, der sie sehen wollte, seine Brandwunden. Aber als ich die Nadeln auf meinen Handrücken legte, zuckte ich vor Schmerz zusammen. Sie schienen sich durch meine Hand hindurchzubohren. Die Hitze ging durch die Haut und durch das Fleisch bis auf die Knochen. Es musste mir anzusehen sein, denn ich merkte, wie die anderen mich neugierig anschauten. Ich fühlte mich zutiefst erniedrigt und war fest entschlossen, auf keinen Fall als Erster die Nadeln von der Hand zu schütteln. Aber die Stelle, an der es schmerzte, wurde größer. Meine Hand schien zu brennen, Stichflammen schossen durch meinen Arm bis in die Schultern, in die Kehle. Bis in mein Herz brannte sich der Schmerz und vor allem die Erniedrigung. Denn ob ich wollte oder nicht, ich musste die Nadeln abschütteln. Alle sahen, wie ich sie als Erster hinunterfallen ließ.

Schneller Pfeil lächelte. »Schmerzmädchen«, sagte er.

Schweigend drehte ich mich um und das machte meine Erniedrigung vollkommen. Ich konnte nicht mit ansehen, wie die anderen, ruhig und ohne mit der Wimper zu zucken, noch mit den brennenden Nadeln auf der Hand dort standen. Sogar Kleiner Ast, der als wehleidig galt, hielt durch.

Ich dagegen … Ich konnte es nicht mehr hören: Schmerzmädchen! Diesen Sommer würde ich mir meinen eigenen Namen verdienen müssen. Bei allem, was mir lieb war, bat ich Großer Geist: bitte nicht Schmerzmädchen. Lass meinen neuen Namen keine Beleidigung für mich und meine Familie sein.

Ich konnte es nicht mehr ertragen und lief weg. Weg von den Jungen, weg von dem Lager, so weit wie möglich. Ohne nachzudenken, rannte ich, bis ich den Felsen hinter dem Bach des Einsamen Mannes erreichte. Es war eigentlich kein Felsen, sondern ein Ausläufer der Blauen Berge. Dort setzte ich mich hin. Ich fühlte mich wie ein völliger Versager. Ein Schmerzmädchen. Ich versuchte Mut zu fassen, aber ich hatte keine Ahnung, wo ich den Mut hernehmen sollte.

Etwas Weißes wirbelte herunter. Instinktiv griff ich danach und fing es auf. Es war zart und leicht und weiß. Eine kleine Schwanenfeder!

Neuer Mut strömte in mein Herz. Mein Totem hatte mir ein Zeichen geschickt. Ich dankte Wilder Schwan, starrte zum Himmel hinauf, konnte aber keinen Schwan entdecken.

Ich liebkoste das Federchen in meinen Händen, bis mein ganzer Körper von Mut und Hoffnung erfüllt war. Dann steckte ich es in meinen Beutel. Ich wusste, was zu tun war.

Ich lief zur anderen Seite des Felsens hinter dem Bach des Einsamen Mannes. Von dort schaut man auf das Tal, wo unsere Tipis stehen, und auf den Großen See.

An der Seite, hinter dornigen Büschen versteckt, verlief ein schmaler Pfad. Von dort hatte man einen guten Ausblick, ohne selbst gesehen zu werden. Der Pfad endete bei einer tiefen, dunklen Höhle. Aus Angst vor wilden Tieren, die dort hausen könnten, war ich nie hineingegangen. Vor der Höhle war mitten auf dem Pfad eine kleine Quelle. Das Wasser sprudelte sanft zwischen den Steinen hoch und verschwand wieder im Boden. Das sprudelnde Wasser erinnerte an eine Wasserblume und es kam nicht höher als bis zu meinen Knöcheln. Es war frisch und klar und für mein Vorhaben geeignet.

Ich hockte mich vor die Quelle und holte das Schwanenfederchen hervor.

Meine Finger zitterten vor Aufregung, denn ich wusste ganz sicher, dass ich, wenn das Federchen auf dem Wasser treiben würde, morgen mit auf die Bisonjagd dürfte. Aber wenn das Federchen sinken würde, dann wäre meine Chance verpasst und mein neuer Name »Schmerzmädchen« eine Tatsache.

Ich schaute mich um. Niemand zu sehen.

Ich horchte gespannt. Nichts.

Ich erforschte die Umgebung und spürte keine Gefahr.

Da hielt ich das Federchen hoch über meinen Kopf und bat Wilder Schwan, mir zu helfen. Langsam ließ ich die Arme bis kurz über das sprudelnde Wasser sinken. Dort hielt ich inne und öffnete die Hände.

Es erklang ein merkwürdig pfeifendes Geräusch und die Feder wurde weggepustet.

Mein Herz stand still vor Angst und fing gleich darauf wie wild an zu rasen. Ich versuchte die Feder noch aufzufangen, aber eine lange, hagere Hand kam mir zuvor.

Neben mir saß Traum, die Medizinfrau. Sie hielt die Feder in beiden Händen, als wäre es ein kostbarer und zerbrechlicher Gegenstand.

Ich war fassungslos. Wo kam sie so schnell her und was machte sie hier? Ich hatte Angst vor ihr, vielleicht noch größere Angst als früher vor Weißer Wind. Sie war klein und alt, älter als meine Großmutter und älter als die Großmutter meiner Großmutter. Und dennoch sah sie nicht so schrecklich alt aus. Nur um ihre Augen waren tiefe Falten, aber ihre Hände waren glatt. Die Hände meiner Großmutter sahen aus wie verknittertes Pergament.

»Was hattest du vor, Dunkler Mond?«, fragte Traum.

Ich schluckte, rang nach Atem und wusste nicht, was ich sagen sollte. »Ich … ich … eh … eh …« Was sollte ich sagen?

»Halt lieber den Mund, Dunkler Mond. Wenn du

so lange nach Worten suchen musst, versuchst du die Wahrheit zu verbergen.«

Ein kalter Schauder lief mir über den Rücken. Vor Traum konnte niemand die Wahrheit verbergen. Sie sah alles.

Sie öffnete ihre Hände einen Spaltbreit, schaute hinein und schloss sie wieder vorsichtig. »Wo hast du die Feder gefunden?«

»Unten«, sagte ich, erleichtert über diese einfach zu beantwortende Frage.

»Lag sie auf dem Boden?«

»Nein, sie schwebte gerade vor mir herunter. Ich habe sie sofort in meinen Beutel gesteckt und mitgenommen.«

»Hat sie den Boden berührt?«

»Nein.«

»Weißt du, was das für eine Feder ist?« Ihre Stimme klang eine Spur zu freundlich und ich wusste, worauf sie hinauswollte. Am liebsten hätte ich mich in Luft aufgelöst.

»Eine Schwanendaune«, sagte ich leise, während eine Stimme in mir schrie: Bitte, bitte hilf mir. Konnte nicht etwas passieren, wodurch ich vom Erdboden verschluckt würde oder Traum oder wir beide. Oder konnte nicht die ganze Erde untergehen, aber dann bitte schnell!

Traum lächelte, wodurch ihr Mund noch breiter und schmaler wurde. Ich traute ihr nicht. Sie lachte mich aus, ich wusste es. Sie lachte mir einfach ins Gesicht.

»Wer oder was ist dein Totem?«, fragte sie.

Was für eine merkwürdige Frage. Sie wusste, wer mein Totem war. Sie war die Hebamme des Stammes, sie war bei jeder Geburt dabei. Sie war diejenige, die dem Kind sein Totem gab, nicht der Medizinmann, sondern sie. Und jetzt fragte sie mich nach meinem Totem?

»Wilder Schwan«, sagte ich.

Traum reagierte übertrieben erstaunt. »So, Wilder Schwan. Und jetzt hast du, rein zufällig, ein Federchen von Wilder Schwan gefunden?«

Ich nickte.

»Es ist ein Zeichen, ja?«, sagte sie auf verschwörerische Art. Wieder schaute sie verstohlen in ihre Hände.

Ich guckte sie an, wurde aber nicht schlau aus ihren Worten.

Ich nickte schuldbewusst, obwohl ich nicht wusste, weswegen ich mich schuldig fühlen sollte.

»Aber es war kein deutliches Zeichen, oder?«

Ich schüttelte den Kopf.

»Also bist du hierher geschlichen und hast dein Totem um mehr Deutlichkeit gebeten.«

Ich fing an mich über die alte Frau zu ärgern. Warum sagte sie nicht einfach, was sie sagen wollte? Ich richtete mich auf und sagte laut: »Ja.«

Traum lächelte. »Aha, sehe ich dort einen Funken von etwas, was ein Feuer sein könnte?«

Ich wusste nicht, was sie meinte.

Sie lachte und strich mir übers Haar.

Tief beleidigt – schließlich war ich kein Kind mehr – zog ich mit einem Ruck den Kopf weg.

»Was macht ein Wolf, wenn er im Winter einen Fisch fangen will?«, fragte sie plötzlich ganz sachlich.

Ich seufzte. Was wollte sie von mir? »Er bricht das Eis.«

»Wie?«, fragte Traum.

»Mit einem Stein.«

»Genau, ohne Stein würde er sich nur die Schnauze verletzen. Also wirft er einen Stein, bis das Eis bricht. Dunkler Mond«, sie senkte die Stimme, um den Ernst ihrer Worte zu betonen, »solange du keinen Stein hast, solltest du nicht versuchen das Eis zu brechen.«

Ich verstand sie noch immer nicht.

»Du bist noch zu klein für die Magie von Wilder Schwan. Was mich im Übrigen daran erinnert ...« Wieder änderte sich der Ton ihrer Stimme. »Du bist kein Kind mehr. Heute Abend bekommst du einen neuen Namen.«

Heute Abend ... Dann blieb mir keine Chance, mir bei der Bisonjagd einen neuen Namen zu verdienen. Ich hörte Schneller Pfeil schon schreien: »Schmerzmädchen!«

»Das erschreckt dich, was?«, sagte Traum.

Ich nickte.

»Es wird Zeit für dich, Dunkler Mond. Was tust du noch hier? Ein Indianer muss sich entscheiden. Wird er ein Krieger und Jäger oder nicht? Willst du zu den Frauen gehören? Gut. Dann bleib bei Schneeflocke, deiner Schwester. Sie kann dir viel beibringen. Willst du ein Krieger und Jäger werden? Dann geh und übe mit Schneller Pfeil. Er kann dir auch viel beibringen. Du kannst hier nicht allein bleiben. Es ist nicht so einfach für einen Indianer, allein zu überleben.«

»Es hat doch keinen Sinn«, sagte ich ein wenig entmutigt.

»Ach nein, und wieso nicht?«, fragte Traum. War sie wirklich erstaunt oder tat sie nur so?

»Ich kriege doch heute Abend schon einen neuen Namen.«

Sie hielt den Kopf schräg und warf das offene Haar lachend nach hinten. »Oh, da irrst du dich aber, Dunkler Mond. Geh schnell und werde ein Mann.« Sie stand auf. Vorsichtig. Die Hände hielt sie, noch immer zu einer Schale geformt, vor sich.

Ich stand auch auf. Wieso sollte ich mich geirrt haben? Sie hatte doch gesagt, dass ich heute Abend schon einen neuen Namen bekommen würde. Was sollte das anders sein als »Schmerzmädchen«?

»Schau«, sagte Traum. Sie hielt die Hände über die Quelle und öffnete sie langsam. Ich war fassungslos vor Staunen. Ein kleines Schwanenküken saß auf ihrer Hand. Liebevoll beobachtete Traum das kleine Tier. Dann warf sie es vorsichtig hoch, als wollte sie ihm auf die Sprünge helfen. Das Küken konnte nicht fliegen. Mit ungeschicktem Geflatter wich der kleine Schwan den Dornbüschen aus und landete vor der Höhle auf dem Boden, wo er ins Dunkle verschwand.

»Du musst gut für ihn sorgen«, sagte Traum leise und verschwand.

Blut für einen Fisch

Ich stand einfach da in der düsteren Höhle. Manchmal gewöhnen sich die Augen an die Dunkelheit und man kann Formen unterscheiden. Aber in dieser Höhle war nichts als tiefste Finsternis. Ich musste an meine Vision denken. Es hätte mich nicht gewundert, wenn der Schwan aus meiner Vision plötzlich aufgetaucht wäre und mich mitgenommen hätte. Wohin, war mir egal, nur weg von hier. Das hoffte ich, während ich in die Schwärze starrte.

Da fing eine feine Stimme in meinem Kopf quälend an zu rufen: »Schmerzmädchen, Schmerzmädchen, Schmerzmädchen.« Es hatte keinen Sinn, noch länger zu warten. Ich versuchte das Stimmchen abzuschütteln und lief mit großen, unvorsichtigen Schritten den schmalen Pfad entlang. Am liebsten hätte ich Traum, diese Hexe, angeschrien. Das war doch alles nur Frauengeschwätz. Nichts als Unsinn. Aber in meinem Bauch rührte sich der Zweifel. Traum war nicht verrückt. Vielleicht hatte sie doch Recht.

Unten bei den großen Felsblöcken hinter dem Bach des Einsamen Mannes entdeckte ich meine kleine Schwester, Schneeflocke. Nun, wenn ich sowieso ein Schmerzmädchen war, konnte ich genauso gut gleich zu ihr gehen.

Zum Glück war sie allein. Sie war so in ihr Spiel vertieft, dass sie mich nicht kommen hörte. Ich versuchte mich ihr unbemerkt zu nähern wie ein richtiger Jäger, ohne jeden Laut.

Schneeflocke hielt vorsichtig einen einzelnen Kieselstein zwischen beiden Daumen und Zeigefingern über einem Turm aus Steinen. Es waren acht Stück. Acht Kieselsteine, die sie sorgfältig aufeinander geschichtet hatte. Sie schob den neunten behutsam hin und her, änderte den Stand ein wenig, betrachtete den Turm, drehte den Stein in ihrer Hand und ließ ihn dann vorsichtig hinunter. Er berührte den Turm, der von einem leichten Zittern ergriffen wurde. Dann nahm sie schnell beide Hände weg. Der Stein ruhte auf dem Turm, der jetzt anfing zu schaukeln und dann in sich zusammenstürzte.

Schneeflocke schniefte enttäuscht. »Fast«, flüsterte sie. Sie spürte, dass ich hinter ihr stand. »Hast du es gesehen?«, fragte sie. »Fast neun.«

»Heute Abend kriege ich einen neuen Namen«, sagte ich.

Schneeflocke machte ein bedenkliches Gesicht. »Woher weißt du das?«

»Von Traum.«

»Oh«, sagte Schneeflocke.

»Schmerzmädchen.«

Sie schaute ernst zu mir auf. »Schmerzmädchen«, wiederholte sie und schien den Klang dabei abzuschmecken. Sie rundete die Lippen, schmatzte mit der Zunge und sagte nochmals: »Schmerzmädchen.«

Dann lächelte sie. »Hört sich gut an«, sagte sie.

»Nicht für einen Jungen!«, schrie ich. Wie war es möglich, dass sie nur nach dem Klang des Wortes ging, statt auf die Bedeutung zu achten?

Ich war wütend über so viel Unverständnis, wütend auf Traum, auf meinen neuen Namen und auf Schneller Pfeil und auf alles und jeden.

Schneeflocke zuckte mit den Schultern, fegte die Kieselsteine mit den Händen zusammen und fing an sie erneut aufeinander zu stapeln. Ich rannte weg.

Als ich unser Tipi erreichte, wusste ich, was ich tun musste. Ich würde ihnen zeigen, dass ich kein Schmerzmädchen war, sondern ein Jäger. Und es gab nur eine Möglichkeit, das zu beweisen: durch die Jagd.

Ich holte Pfeil und Bogen aus dem Tipi, nahm mein Messer und rannte zum Großen See, wo die Jungen um diese Zeit immer jagten. Kurz vorher verringerte ich mein Tempo und ging gemütlich zum Ufer. Ich hätte es wissen müssen, ich hätte die Stille hören müssen. Das Wasser gluckste friedlich und die Mittagssonne wärmte schon ordentlich, aber es war niemand zu sehen.

Ich nahm eine andere Haltung an und richtete meine ganze Aufmerksamkeit auf die Umgebung, damit mir ja kein Signal entging. Ich schloss die Augen, um besser horchen zu können und um auch die kleinste Veränderung des Luftstroms um meinen Körper spüren zu können. Ich stellte mich mit den nackten Füßen fest auf den Boden. So konnte ich das zarte Auftreten weit entfernter Schritte in der Nähe des Flusses und sogar das nervöse Zappeln von Fischen auf dem Trocknen fühlen. Natürlich, sie waren weiter oben, wo der Bach des Einsamen Mannes in den Großen See strömt. Ich lächelte zufrieden. Ich war vielleicht ein Schmerzmädchen, aber ich war auf jeden Fall der beste Spurensucher der Jungen. Nicht nur mit den Augen, sondern vor allem mit den Füßen. Ich brauchte mich nur zu konzentrieren, schon spürte ich alles, was in der weiteren Umgebung auf der Erdoberfläche passierte.

Schnell lief ich zur Mündung des Baches. Die Jungen waren ein Stück weiter stromaufwärts und fingen Lachse. Leise schlich ich weiter. Ich blieb im Schutz der Büsche und beobachtete die Jungen, wie sie bis zum Nabel im schnell strömenden Wasser standen. Sie warteten geduldig, bis ein Lachs in ihre Reichweite schwamm, und dann schöpften sie den

Fisch, so wie ein Bär es tut, mit einer blitzschnellen Armbewegung aus dem Wasser.

Ein großer, dicker Lachs schwamm hinter Kleiner Ast her auf Schneller Pfeil zu. Ich sah, wie der Körper von Schneller Pfeil sich spannte und sich darauf vorbereitete, den Fisch aus dem Wasser zu schlagen.

»Verzeih mir, Bruder Lachs«, sagte ich innerlich. Ich musste dafür sorgen, dass ich den Fisch traf, bevor Schneller Pfeil zuschlug, sonst würde er womöglich mit der Hand in den Pfeil hauen und sich verletzen. Mit einer fließenden Bewegung nahm ich Pfeil und Bogen, spannte und zielte. Mein Pfeil schoss durch die Luft. Fast gleichzeitig schlug Schneller Pfeil mit seinem Arm durch das Wasser.

Der Pfeil durchbohrte den Fisch. Der zappelte, lag dann kurz still im Wasser, bis er vom Strom wieder in Richtung des Sees getrieben wurde.

Erstaunt blickte Schneller Pfeil über das Wasser auf der Suche nach dem Fisch, der plötzlich nicht mehr dort war, wo er ihn vermutet hatte. Dann sah er den schnell wegtreibenden Lachs und erkannte den Pfeil. »Schmerzmädchen«, zischte er zwischen den Zähnen.

Ich genoss sein Erstaunen und nutzte seine Verwirrung aus, um den Fisch herauszuholen. Stolz wollte ich ihn über mein Haupt halten, um ihn den anderen Jungen zu zeigen, aber ich erschrak vor dem Blick von Schneller Pfeil. Meine Arme versteiften sich in der Bewegung.

»Das war mein Fisch«, zischte Schneller Pfeil.

»Der Fisch gehört dem Jäger«, sagte ich und senkte meine Arme wieder.

»Du bist ein Dieb, Schmerzmädchen.«

Erstaunt schaute ich die anderen an. Das stimmte nicht. Der Fisch gehörte niemandem. Nur sich selbst und dem Großen Geist natürlich. Aber mein Pfeil hatte den Lachs getötet, also gehörte er mir. Die anderen sagten nichts. Wie konnten sie auch. Schneller Pfeil war ihr Anführer.

Das Schweigen wurde peinlich, die Spannung stieg.

»Es war ein guter Schuss«, sagte Fliegender Hirsch versöhnlich, aber Schneller Pfeil stierte mich weiterhin wütend an.

»Wir werden um ihn kämpfen«, sagte er schließlich.

Ich verstand das nicht. Gut, ich hatte ihm den Fisch vor der Nase weggeschnappt, aber meistens wurde über solche Sachen nur gelacht und ganz bestimmt nicht gekämpft. Ich bemerkte die Zweifel der Jungen. Es war der Mühe nicht wert. Der Kampf würde Schneller Pfeil keine Ehre machen. Ich war für ihn das Schmerzmädchen. Mit so jemandem zu kämpfen brachte keine Anerkennung, über so jemanden den Sieg davonzutragen war wertlos. Doch mir blieb keine Wahl. Also kam ich aus dem Wasser und begutachtete den Fisch, während ich ihn ans Ufer legte.

Was war so besonders an diesem Fisch, dass wir seinetwegen kämpfen sollten? Er war groß und fett, aber sonst?

Schneller Pfeil stellte sich mir gegenüber und die Jungen bildeten einen Kreis um uns herum. Es war ein ungleicher Kampf. Schneller Pfeil war mindestens einen Kopf größer als ich und kräftiger gebaut. Außerdem wurde er von einer immensen Wut getrieben, während ich durch die riesige Verblüffung wie gelähmt war.

»Wir brauchen einen Schiedsrichter«, schrie Fliegender Hirsch.

»Nichts da«, zischte Schneller Pfeil, »bis zehn zählen, wenn einer am Boden ist, oder bis einer blutet.«

»Blut, Blut!«, fingen die Jungen an zu skandieren. Sie stampften rhythmisch mit den Füßen und schaukelten drohend hin und her. »Blut, Blut.«

Blut für einen Fisch? Allmählich drang es in mein Bewusstsein. Sie wollten Blut für einen Fisch. Ich stellte die Füße fest auf den Boden.

Ein Schock durchfuhr meinen Körper. Es drohte Gefahr. Von allen Seiten drohte Gefahr. Ich konnte mich kaum konzentrieren. Ich stand Schneller Pfeil gegenüber, und das in einem Kreis von Jungen, die mit den Füßen stampften und nach Blut schrien. Dennoch konzentrierte ich mich so gut wie möglich, um zu spüren, was meine Füße mir zu erzählen hatten.

Wir waren nicht allein. Ich bemerkte die leisen, unhörbaren Schritte eines Kriegers, der das Schleichen perfekt beherrschte. Dann das unbesonnene Getrippel von Mädchenfüßen. Schneeflocke. Und die leisen, gedämpften Geräusche eines Kojoten, der sich auf das Mädchen zubewegte. Schneeflocke war in Gefahr! Und ich stand zwischen den Jungen, deren Geschrei nach Blut seinen Höhepunkt erreichte. Ich musste etwas tun.

Aus einem Augenwinkel erkannte ich, wie Schneller Pfeil das Gewicht auf den vorderen Fuß verlagerte und sich, zum Angriff bereit, über mich beugte. Wenn ich etwas tun wollte, um Schneeflocke zu helfen, musste ich mich beeilen.

Ich senkte den Kopf und sammelte so viel Luft in den Lungen, wie sie nur fassen konnten. Dann warf ich den Kopf zurück und stimmte ein lautes Wolfsgeheul an. Danach war es still. Mutter Erde hielt den Atem an.

In dem Moment, als sie sich wieder bewegte und ich fühlen wollte, wie der Kojote reagierte, verloren meine Füße den Kontakt zum Boden. Schneller Pfeil hatte mich mitten in der Magengegend getroffen und gleich darauf mitten im Gesicht. Ich klappte vornüber und verlor das Gleichgewicht. Ehe ich wusste, was geschah, lag ich auf dem Boden.

»Kämpfe, kämpf doch, Feigling!«, klang die schrille Stimme von Schneller Pfeil über das Zählen der Jungen hinweg. »Sechs, sieben …«

Die Faust von Schneller Pfeil traf meine Nase. Ich versuchte meinen Kopf mit den Händen zu schützen.

»Genug«, sagte eine ruhige Stimme.

Ohne aufzuschauen, kam ich mühsam hoch. Trotz des Schmerzes lächelte ich erleichtert, als der Boden unter meinen Händen mir erzählte, dass Weißer Wind und Schneeflocke beide zusammen dort standen. Ich schielte zwischen den Jungen hindurch. Meine Schwester war da, unversehrt. Ich dankte dem Großen Geist und versuchte mich, so gut es ging, aufzurichten.

Vor uns stand der Medizinmann, gerade, streng, die Arme vor der Brust verschränkt. Meine Erleichterung machte der Scham Platz. Ich hatte verloren. Ich hatte mich nicht einmal verteidigt.

»Morgen ist die Bisonjagd«, unterbrach Weißer Wind die Stille. »Sobald ihr gegessen habt, werdet ihr im großen Tipi erwartet.«

Weißer Wind drehte sich um und verschwand mit Schneeflocke. Ich traute mich kaum aufzuschauen.

Ein Seufzer der Erleichterung ging durch die Gruppe, aber Schneller Pfeil ließ sich nicht beirren. »Ich habe gewonnen«, sagte er. »Der Fisch gehört mir.«

Es kümmerte mich nicht. Ich zuckte mit den Schultern. Er sollte sich nicht stören lassen.

Im Wasser des Baches hinter dem Felsen spülte ich mir das Blut von der Nase.

Ich konnte es jedoch nicht lassen, leise zu sagen: »Aber der Pfeil gehört mir.«

Schneller Pfeil hatte mich gehört. Er nahm den Fisch und zog an dem Pfeil. Vorwärts, rückwärts. Der Pfeil saß felsenfest. Das musste das Werk von Weißer Wind, unserem Medizinmann, sein. Schneller Pfeil ließ sich nicht beirren und bemühte sich weiter, den Fisch loszurütteln. Schließlich musste er aufgeben. Er warf mir den Fisch mit dem Pfeil vor die Füße ins Wasser. »Ich brauche ihn nicht. Ich mag keinen verzauberten Fisch.«

Schneller Pfeil drehte sich um und ging weg. Wir schauten ihm nach und wussten nicht so recht, was wir tun sollten. Mir war es egal, aber für die anderen Jungen war es schwieriger. Schneller Pfeil war der Anführer. Sie mussten ihm eigentlich folgen. Sie taten es nicht und blieben beim Fluss.

Mühelos zog ich den Pfeil aus dem Fisch. Wir machten ein Feuer und grillten den Lachs. Die Jungen schienen Schneller Pfeil schnell vergessen zu haben. Sie sprachen nur noch über den Abend und den morgigen Tag: die Bisonjagd und wer mitgehen dürfte.

Ich fühlte mich zunehmend unbehaglicher. Dass Schneller Pfeil diese Erniedrigung nicht unvergolten lassen würde, kümmerte mich jetzt noch nicht. Aber heute Abend würde ich meinen neuen Namen bekommen und ich konnte daran nichts mehr ändern.

Heulender Wolf

Hätte ich die Sonne auf ihrer Reise am Himmel entlang aufhalten können, ich hätte es sicherlich getan. Leider verfügte ich nicht über derlei Macht. Die Sonne ging einfach unter und der Abend brach an.

Meine Mutter Rubin war schrecklich nervös. Wir sollten unsere schönsten Kleider anziehen. Schneeflockes Haare mussten viermal neu geflochten werden und wurden mit Perlen und Stachelschweinborsten verziert.

Mein Vater, Bisontöter, schaute stolz lächelnd zu. Ich traute mich nicht, ihn zu warnen, dass ihm das Lachen noch vergehen würde.

Er ging mit uns mit und schob uns beide liebevoll in den Kreis der Menschen, die dort bereits warteten. Verärgert sah ich meine Schwester an. Sie gehörte hier nicht hin. Sie durfte nicht mit in den Kreis, sie sollte bei Rubin bleiben. Ich hätte sie am liebsten weggestoßen, aber das ging nicht. Die sechs Weisen saßen schon dort.

Die Atmosphäre war gespannt. Es war der Abend des zunehmenden Mondes. Das Feuer loderte hoch auf und warf lange, tanzende Schatten auf die Sandzeichnung am Boden. Es war eine Darstellung des neuen Mondes mit den Himmelsrichtungen in den vier Ecken. Ich schaute sie voller Bewunderung an.

Ich setzte mich neben Schneeflocke den sechs Weisen gegenüber. Verstohlen, ohne allzu neugierig erscheinen zu wollen, beobachtete ich mit gesenktem Kopf, wer auf der anderen Seite saß. Es war Schneller Pfeil. Was machte der hier? Er hatte doch schon einen Namen! Mein Herz schlug aufgeregt. Was war los? Warum saß ich zwischen Schneller Pfeil, der schon einen Namen hatte, und Schneeflocke, die viel zu jung war, um einen eigenen Namen zu bekommen?

Das Feuer flackerte und warf einen geheimnisvollen Schein auf die sechs Menschen mir gegenüber. Es waren drei Männer und drei Frauen, die alle eindrucksvoll aussahen.

Links saßen die Männer: der Stammesälteste, der Häuptling und der Medizinmann, der die heilige Pfeife ansteckte. Ein vertrauter Duft stieg auf. Ein Duft, der mich an die Zeit erinnerte, als ich im Zelt von Weißer Wind lag.

Weißer Wind hielt die Pfeife hoch und bot sie dem Großen Geist an. Danach klopfte er mit der Pfeife auf den Boden: ein Gruß an Mutter Erde. Es wurde still um das knisternde Feuer. In der Ferne ertönte der Ruf einer Eule und ich wartete gespannt auf das, was kommen würde. Ich fürchtete das Schlimmste, auch wenn Traum mir gesagt hatte, dass ich mich irrte.

Rechts saßen drei Frauen: die Stammesälteste, die Medizinfrau und eine Frau, die ich nicht kannte.

Der Trommler rührte leise die große Trommel. Die unbekannte Frau erhob sich und winkte Schneeflocke herbei, die aufstand und zu ihr ging.

Plötzlich wusste ich, warum ich zusammen mit Schneeflocke und Schneller Pfeil hier war. Wir würden verreisen, weit weg, wir drei. Zugleich wunderte mich das. Warum sollte ich mit den beiden verreisen? Schneeflocke war ein Mädchen und viel zu klein. Und Schneller Pfeil … Nun ja, der war bestimmt nicht meine erste Wahl.

Die Frau benutzte die allgemeine Gebärdensprache. Sie gehörte also bestimmt einem anderen Stamm an und sprach eine andere Sprache.

Ihre Gebärden waren fließend. Ich fand es schwierig, die einzelnen Gebärden zu unterscheiden. Die eine ging in die andere über. Schneeflocke antwortete entsprechend. Sie hatte die Eleganz der Frau übernommen und ihre Bewegungen waren so schnell, dass ich nichts verstand. Ich gab es auf und schaute nicht mehr auf Schneeflockes Handbewegungen. Dafür achtete ich auf das Gesicht der Frau und versuchte darin zu lesen, worüber die beiden sprachen.

Irgendwie kam mir die Frau bekannt vor. Sie trug

Haare und Kleidung anders als unsere Frauen. Dem Schmuck nach musste sie ein hohes Ansehen haben.

Die Frau öffnete ihren Beutel und hielt ihn Schneeflocke hin. Schneeflockes Hand verschwand in dem Beutel. Sie schien etwas zu suchen. Langsam zog sie die Hand wieder heraus. Ich konnte nicht erkennen, was sie festhielt. Die Frau und das Mädchen schauten beide darauf. Dann nahm die Frau Schneeflocke bei den Schultern und drehte sie mit dem Gesicht zur Gruppe. Schneeflocke stand strahlend da. In der Hand hielt sie den Schwanz einer Eidechse.

Richtig, die Eidechse passte zu Schneeflocke. Sie ist das Symbol des Träumers, des Sehers. Und obwohl Schneeflocke noch jung war, konnte sie schon sehr gut prophezeien. Sie würde später bestimmt bei Traum in die Lehre gehen.

Die Frau sprach weiter mit Gebärden. Wer war sie nur? Woher kannte ich sie? Das war wichtig. Ich war mir sicher, dass es wichtig für mich war. Es hatte etwas mit der Reise zu tun, die ich antreten sollte, mit den Sachen, die Schneeflocke träumen würde, und mit Schneller Pfeil. Ich schielte seitlich zu ihm hin, aber Schneller Pfeil saß still und abwartend da. Ich beobachtete die anderen und musste schlucken. Schmerzmädchen. Heute Abend würde ich einen neuen Namen bekommen. Schmerzmädchen?

Schneeflocke setzte sich wieder neben mich und ich nahm die Schultern zurück. Ich bat Wilder

Schwan, mir zu helfen. Ich musste aufpassen und durfte mich nicht dauernd ablenken lassen.

Die Frau schaute mich auffordernd an. Mit schlotternden Knien stand ich auf. »Schmerzmädchen«, tönte eine innere Stimme. Ich hätte meinen Kopf abstellen oder wegwerfen wollen. Ob die Frau die Stimme hören konnte? Ob sie es an meinen Augen sehen würde?

Ich stand ihr gegenüber. Der Pfeifenduft hing über ihr. Sie fing an Gebärden zu machen. Vor Aufregung krampfte sich mein Magen zusammen. Was sollte ich tun, wenn ich sie nicht verstand? Ich stellte mich mit den Füßen fest auf den Boden und das Schlottern meiner Knie hörte auf. Die Gesten der Frau beruhigten mich. Obwohl ich nicht alles verstand, was ihre Hände erzählten, so begriff ich doch zunehmend mehr. Ihr Lächeln war freundlich.

Da erkannte ich sie. Sie war die Frau, die Stimme aus meiner Vision. Ob sie mich auch erkannt hatte?

Sie hielt mir den Beutel hin. Meine Haut prickelte, aber die Angst war verflogen. Voller Vertrauen ließ ich meine Hand hineingleiten. Das Kribbeln wurde stärker und die Haut meines Arms juckte bis in die Schultern und den Nacken hinein. Meine Finger suchten und berührten einen kleinen harten Gegenstand. Ich hielt ihn in der Hand und versuchte zu spüren, was es war. Langsam zog ich die Hand heraus. Mit dem Daumen betastete ich das Gebilde. Es war spitz und glatt. Ich rollte es in der Handfläche hin und her. Es war ein Zahn, ein Wolfszahn.

Aber warum? Warum ein Wolfszahn? Ich war zu jung und zu unerfahren, um im Wolfsfell auf Bisonjagd zu gehen, das war sogar für die allerbesten Jäger ein gefährliches Unterfangen. Außerdem würde ich meinen Namen schon heute Abend bekommen und ihn nicht erst bei der Bisonjagd verdienen.

Ich öffnete die Hand, sodass die Frau den Wolfszahn auf meiner Handfläche sehen konnte. Sie lächelte und drehte mich zur Gruppe hin. Ich zeigte den Wolfszahn und spürte, wie ein respektvolles Schaudern durch die Gruppe ging.

Die Frau drehte mich wieder herum. Der Trommler rührte die Trommel und trommelte dann langsam weiter.

Weißer Wind war aufgestanden. Er tat einige Schritte vor und begann sich im Rhythmus der Trommel zu wiegen. Der Glanz der Flammen glitt über sein Gesicht und über die tanzende Gestalt. Mit tiefer Stimme sang er das Lied des Wolfes, der in der Ferne einen Kojoten entdeckte, der ein kleines Mädchen umschlich. Das Lied von Weißer Wind erzählte von dem kleinen Mädchen, das sich keiner Gefahr bewusst war. Und wie der Wolf, selbst in großer Gefahr, das Mädchen rettete, indem er den Kojoten mit seinem Geheul vertrieb.

Ich schaute betroffen zu. Das Lied war schön, eine

Ode an mich. Ich schämte mich und suchte Halt beim Wolfszahn in meiner Hand. Meine Mutter würde ein Löchlein hineinbohren und ihn auf eine Kordel ziehen, sodass ich ihn immer auf dem Herzen tragen könnte. Er war ein kraftvolles Amulett.

Das Lied von Weißer Wind war zu Ende. Die Trommel hielt inne. Das Feuer knisterte. Funken stoben auf. Die Frau aus meiner Vision stand vor mir und mit der Hand umklammerte ich den Wolfszahn.

»Heulender Wolf, so wirst du heißen«, ertönte Traums klare Stimme.

Ich ließ den Namen auf mich wirken. Heulender Wolf. Ich hätte vor Stolz am liebsten den Kopf zurückgeworfen, um lauthals einen Siegesschrei durch die Nacht zu schmettern. Von nun an hieß ich Heulender Wolf. Ein Name, der Kraft ausstrahlte.

Die Frau legte mir die Hand auf die Schultern. Sie sprach in Gebärden von dem Wolf, von seiner Weisheit und Kraft, die er mit anderen teilen sollte, von seiner Verbundenheit mit dem Mond.

Dann änderten sich die Gebärden der Frau. Sie erzählte von einer Reise, die ich machen sollte. Von dem Wolfsjungen, das ich finden und zähmen sollte.

Ich konnte es kaum glauben. Sollte ich etwa ein Wolfsjunges von seiner Mutter trennen? Das war lebensgefährlich. Außerdem war der Wolfsvater meist irgendwo in der Nähe. Der war noch gefährlicher. Traute die Frau mir das wirklich zu?

Sie machte weitere Gebärden. Zwei Menschen, Schneeflocke und Schneller Pfeil, sollten mich begleiten. Jeder sollte seine Kenntnisse an die beiden anderen weitergeben. Wir sollten uns schnell auf den Weg machen, denn jetzt waren die Wolfsjungen noch klein. Jetzt würden sie sich noch an den Menschengeruch gewöhnen können. Bald sei es zu spät.

Ich setzte mich wieder hin und umfasste den Wolfszahn, als wäre er mein einziger Halt.

Als Nächster stand Schneller Pfeil vor der Frau. Er grapschte ungeduldig in den Beutel. Mit einem schrillen Schmerzensschrei zog er die Hand wieder zurück. Drei Stachelschweinborsten steckten in der Innenseite seiner Hand. Mit einem heftigen Schwung versuchte er die Nadeln abzuschütteln, aber sie blieben hängen. Mit wütenden Bewegungen zog er sie heraus.

Die Frau sagte, die Wachsamkeit des Stachelschweins könne genauso wichtig sein wie die Schnelligkeit des Pfeils. Sie sprach von dem schnellen Aufrichten der Stacheln.

Schneller Pfeil stand da und verbiss sich zähneknirschend seine Wut. Das versprach wenig Gutes für unsere gemeinsame Reise, die erst anfangen musste.

Auf Reise

Der Rest des Abends war kaum merklich an mir vorübergegangen. Ich bekam nicht mit, welche Jungen für die Bisonjagd ausgewählt wurden. Ich wusste nicht mehr, dass ich auf den Rhythmus der Trommel getanzt hatte, dass ich weit nach Mitternacht zum Tipi heimgekehrt und erschöpft eingeschlafen war.

Ich wachte auf, als sich jemand neben mein Bett kniete und meine Hand berührte. Instinktiv schloss ich sie ganz fest und spürte den Wolfszahn. Rubin saß neben mir. Ich öffnete die Hand und gab ihr den Zahn.

»Ich werde ihn für dich auf eine Kette ziehen«, sagte sie.

Ich nickte zufrieden. Heute war der große Tag. Mit einem neuen Namen machte ich mich auf die Reise. Weiter wollte ich lieber nicht denken, denn ein Wolfsjunges zu fangen und zu zähmen ist kein Kinderspiel.

Rubin hatte ein Zweiglein genommen, in dem eine spitze Scherbe steckte, und rollte das Zweiglein zwischen ihren Händen hin und her. Sie bohrte ein kleines Löchlein in den harten Wolfszahn.

Ich hatte keine Zeit, weiter zuzuschauen. Ich rannte zum Fluss, wusch mich und dankte der Sonne, der Erde, dem Wasser und der Luft. Jetzt waren keine spielenden Jungen in der Nähe. Jeder war mit den Vorbereitungen für die Bisonjagd beschäftigt. Die Späher sagten, es sei eine große Herde. Nach dem strengen Winter würden wir das Fleisch gut gebrauchen können. Und auch für die Felle hatten wir Verwendung, denn viele Kleidungsstücke sollten erneuert werden.

Schneeflocke stand schon draußen bei unseren Hunden. Sie knüpfte ihr Travois* an einem der Hunde fest. Es war Sturm, ihr Lieblingshund.

Schnell, schnell, schnell packte auch ich meine Sachen, machte aus Zweigen ein Gestell und legte es einem der anderen Hunde um. Zum Glück war ich gerade fertig, als Schneller Pfeil kam. Er hatte ebenfalls zwei Hunde dabei. Einer zog seinen Travois, der andere lief frei herum.

Wir verabschiedeten uns von unserer Familie. Meine Mutter legte mir die Kette mit dem Wolfszahn um. Ich war so stolz, dass nichts mich schrecken konnte. Wir verabschiedeten uns von unserem Stamm. Wir lachten miteinander und umarmten uns, und die anderen

* Tragegestell zum Transportieren von Lasten, vor das ein Hund oder ein Pferd gespannt wird

überhäuften uns mit kleinen Leckereien und gutem Rat. Dann konnten wir endlich gehen.

Weißer Wind wartete außerhalb des Lagers auf uns. Die unbekannte Frau war bei ihm. Ich hätte mich gerne mit ihr unterhalten, aber ich traute mich nicht. Meine Gebärdensprache war nicht so gut. Und was sollte ich sagen, da die anderen dabei waren?

»Ich möchte dir etwas erzählen, bevor du gehst«, sagte Weißer Wind zu mir. Er legte mir eine Hand auf die Schulter und führte mich weg von den anderen. Als wir außer Hörweite waren, setzte Weißer Wind sich hin. Ich tat es ihm nach.

»Heulender Wolf«, sagte er leise. »Du bist in der Nacht des Dunklen Mondes geboren. Dein Leben steht im Zeichen der Magie. Schwan will dich als Lehrling. Finde das Wolfsjunge …«

Den Rest verstand ich nicht. Mein Blut fing an zu kochen und stieg mir in den Kopf. Ich, Schwans Lehrling! Weißer Wind brauchte mir gar nicht zu erklären, dass sie es war, die unbekannte Frau aus meiner Vision. Sie war der Schwan. Und sie wollte mich als Lehrling. Medizinmannlehrling! Das war nur für die Allermutigsten, für die Allerbesten. Obwohl …? Zweifel überkamen mich. Schwan war eine Frau und kein Medizinmann.

Weißer Wind musste meine Gedanken gelesen haben. »Deine Magie passt zu ihrer. Von ihr wirst du mehr lernen als von mir.«

Ich schluckte, nickte und stammelte irgendetwas. Er hatte Recht.

Weißer Wind lachte. Er legte mir den Arm um die Schultern und zusammen gingen wir zurück.

Schwan und Schneeflocke unterhielten sich mit Gebärden. Schneller Pfeil schaute ungeduldig zu. »Also, können wir jetzt endlich gehen?«, fragte er.

Ich verabschiedete mich mit einer höflichen Gebärde von Schwan und hoffte, dass es die richtige Geste war.

Sie grüßte zurück und sagte: »Auf Wiedersehn, Heulender Wolf.« Und es war ihre Stimme. Ich war so glücklich. Ich schwebte vor Glück. Sie war es! Und ich würde ihr Lehrling werden! Zumindest ... wenn ich diese Reise zu einem guten Ende bringen konnte. Und dann stand ich wieder mit beiden Beinen auf der Erde.

»Wir müssen noch bei Traum vorbeischauen«, sagte Schneeflocke.

Schneller Pfeil wurde rot. »Jaja«, zischte er. »Lass dir nur Zeit. Halt auch dort noch ein Schwätzchen. Wenn du nicht wegwillst, kannst du besser gleich hier bleiben. Bei den anderen Mädchen. Ich brauche dich nicht.«

Schneeflocke schaute erschrocken zu ihm auf. Dann sah sie mich an.

Vielleicht erhoffte sie sich von mir Unterstützung, doch ich war mit meinen Gedanken woanders. Ich wollte mich beeilen. Schnell ein Wolfsjunges einfangen und dann … Schwans Lehrling werden.

Also liefen wir Schneller Pfeil hinterher, obwohl ich spürte, dass Schneeflocke nicht einverstanden war. Das zeigte sie übrigens auch ganz deutlich. Sie zog eine Augenbraue verärgert hoch und seufzte tief. Dann rief sie Sturm, ihren Hund, zu sich. Und mit der Hand in seinem Nackenfell lief sie weiter.

Das Lager und all die vertrauten Gerüche und Geräusche ließen wir hinter uns.

Ohne zu überlegen, folgte ich Schneller Pfeil. Damals ging ich noch davon aus, dass er das Gleiche suchte wie ich: Wölfe.

Bis zum Toter-Hund-Pfad kannte ich den Weg. Weiter war ich noch nie gewesen. Die Namen der wichtigsten Wege in dem Gebiet dahinter kannte ich wohl und auch die Namen der Berge und Flüsse. Schließlich war mein Vater ein Späher und ein guter Erzähler. Aber hinter der Stelle, wo der Toter-Hund-Pfad und der Lange Weg sich kreuzten, war ich selbst nie gewesen.

Und genau an der Stelle warteten die Hunde, während sie nervös schnüffelten.

Wir waren von Süden gekommen und ich wollte weiter nach Norden. Schneeflocke schaute gen Osten, wo die Sonne aufgeht. Und Schneller Pfeil wählte den langen Weg gen Westen, in Richtung der Berge.

Zuerst wollte ich sagen, dass ich nicht einverstanden sei. Es war meine Reise und ich wollte auf jeden Fall mitentscheiden, in welche Richtung wir gingen. Aber der Rücken von Schneller Pfeil duldete keinen Widerspruch.

»Wölfe sind in den Bergen«, sagte er.

Ich hatte da meine Zweifel. Meiner Meinung nach waren sie im Norden. Denn manchmal, ganz selten, trug der kalte Nordwind den Lärm von heulenden Wölfen bis ins Lager. Dann fingen die Hunde an zu jaulen und blieben eine ganze Weile unruhig. Das geschah nur bei Nordwind, nie wenn der Wind aus dem Osten kam.

Ich schaute auf Schneller Pfeils Rücken und auf seinen Nacken und beschloss den Mund zu halten. Ich folgte Schneller Pfeil, und Schneeflocke folgte mir.

Die Landschaft veränderte sich. Und als die Sonne ihren höchsten Punkt erreicht hatte, hielten wir an. Wir befreiten die Hunde von ihrer Fracht und aßen von den Häppchen, die man uns mitgegeben hatte. Die Travois legten wir den Hunden um, die bis jetzt frei herumgelaufen waren. Einigermaßen ausgeruht zogen wir weiter.

Die ganze Zeit hatten wir kein Wort gesprochen. Spannung hing in der Luft. Ich fragte mich, wie ich die Stimmung verbessern könnte, aber mir fiel nichts ein.

Der Pfad stieg an. Hier gab es weniger Bäume, die

uns vor der Sonne schützen konnten. Das Gras war dürrer und stacheliger als in der Ebene und um die dornigen Büsche hingen fremde Düfte. Dieses Gebiet war mir unbekannt. Meine Füße spürten die Anwesenheit von Schlangen.

»Vielleicht sollten wir Wasser mitnehmen?«, schlug ich vorsichtig vor.

Ohne seinen Schritt zu verlangsamen, behauptete Schneller Pfeil, in den Bergen gebe es genügend Wasser. Hinter mir hörte ich Schneeflocke ungläubig lachen. Ich seufzte und schaute auf die Blauen Berge. Sie sahen wüst und unwirtlich aus. Ich umklammerte meinen Wolfszahn ganz fest.

»Leben hier Menschen?«, fragte ich.

»An der anderen Seite der Berge, nicht hier«, sagte Schneller Pfeil.

»Woher weißt du das?«, fragte ich. »Warst du schon mal dort?«

»Auf dieser Seite schon. Nur die Späher dringen weiter vor.«

»Hier gibt es doch nichts zum Jagen?«

»Hirsche«, sagte Schneller Pfeil, ohne sich umzudrehen.

Ich ging etwas langsamer und erspürte mit meinen Füßen die Umgebung. Hier gab es keine Hirsche. Vielleicht Bären, aber keine Hirsche. Ich sagte nichts.

Die weiße Klapperschlange

Gegen Abend machten wir Halt. Wieder war es Schneller Pfeil, der es vorschlug, und allmählich ärgerte ich mich darüber, wie er sich auf meiner Reise benahm.

Schneeflocke fing gleich an, in ihrem Gepäck herumzukramen, und holte ein Beutelchen mit einer Mischung aus Kräutern und Ochsenfett hervor. Damit konnte man die Insekten fern halten. Ich nahm es dankbar an und auch Schneeflocke rieb sich gründlich ein. Aber Schneller Pfeil lehnte ab.

»Warum nicht?«, fragte Schneeflocke, während sie ihm die Paste anbot.

Schneller Pfeil zuckte mit den Schultern und drehte sich um.

Damals dachte ich noch, er sei zu stolz, um etwas von Schneeflocke anzunehmen. Damals wusste ich noch nicht, was ich jetzt weiß. Ich fand es dumm, das schon, und ich fragte mich, wie die Männer es machten, wenn sie auf der Jagd keine Kräuter benutzten.

»Wir müssen Zweige suchen«, sagte Schneller Pfeil in herrischem Tonfall.

Schneeflocke packte weiter ihr Gepäck aus. Also tat ich, was er verlangte. Ich wollte keinen Ärger und schließlich hatte er von uns dreien die meiste Erfahrung.

Wir sammelten Zweige und bereiteten drei Schlafstätten. Wir schliefen auf einem Bett aus Zweigen, um uns die Schlangen und Ameisen vom Leib zu halten. Und wir errichteten vier Feuerstellen an den Ecken unseres Lagers. Die sollten Raubtiere abschrecken und außerdem Menschen zeigen, dass wir nichts zu verbergen hatten, dass wir keine Feinde in fremdem Gebiet, sondern Freunde waren.

Schneller Pfeil zeigte uns Wurzeln, die wir ausgraben und mit denen wir den Durst löschen konnten.

Dennoch fand ich es ärgerlich, dass er sich weiterhin als Anführer aufspielte.

Es war schon ziemlich spät, als wir uns endlich schlafen legten. Ich konnte keinen Schlaf finden. Unruhe hing in der Luft und Schneller Pfeil kratzte sich dermaßen, dass der ganze Zweighaufen knirschte.

Schließlich musste ich doch eingenickt sein, denn ich wurde von einem fremden Geräusch geweckt. Ich horchte gespannt, aber ich hörte nur die Geräusche der Nacht. Schneller Pfeil schnarchte leise. Die Zweige unserer Betten knirschten im Schlafrhythmus leise mit. Ein Hund schmatzte. Die vier Feuer, die uns vor wilden Tieren schützen sollten, knisterten. Und dennoch hatte es ein fremdes Geräusch gegeben.

Ich öffnete meine Augen zu schmalen Schlitzen und suchte die Umgebung ab. Dann hörte ich es wieder. Ein leicht schabendes Geräusch. Aber die Hunde waren still. Oder doch nicht. Sturm bewegte sich. Er saß neben Schneeflocke, den Kopf dicht an ihrem Gesicht. Vorsichtig kam ich hoch und schaute. Sturms lange Zunge strich ihr über die Wange und wieder hörte ich das schabende Geräusch. Er leckte ihr die Tränen ab.

Am liebsten hätte ich Schneeflocke geweckt. Wahrscheinlich träumte sie. Aber die Träume eines Menschen darf man nicht stören. Also drehte ich mich um und schlief wieder ein. Ich vergaß, was ich gesehen hatte. Nur ein dumpfes Gefühl von Unruhe blieb.

Am Morgen hatten wir noch genügend Proviant dabei, um frühstücken zu können.

Schneller Pfeil machte sich auf die Suche nach Wasser. Weiter nördlich musste der Tiefe Fluss strömen. Schneeflocke und ich räumten das Lager auf. Wir legten die Zweige zurück, sodass wir die Erde so zurückließen, wie wir sie vorgefunden hatten. Wir hatten gerade angefangen die Feuer zu löschen, als wir sahen, dass Schneller Pfeil zurückkam. Er lief etwas unbeholfen, weil er versuchte sich überall gleichzeitig zu kratzen. Wasser hatte er nicht dabei.

Ich wartete gespannt, was Schneller Pfeil zu berichten hatte. Schneeflocke kam zu mir. Es dauerte lange, bis Schneller Pfeil endlich bei uns war und sich auf einen Felsen sinken ließ. An einigen Stellen blutete er vom heftigen Kratzen. Er sagte nichts.

»Gab es kein Wasser?«, fragte ich schließlich.

»Doch«, sagte Schneller Pfeil. »Der Tiefe Fluss ist sehr tief. Die Ufer sind steil. Das Wasser des Flusses hat den Boden dermaßen ausgeschliffen, dass es wie eine Schlucht aussieht. Das Flussbett ist aber fast trocken. Das bisschen Wasser, das noch da ist, sieht schlammig aus. Selbst wenn ich gewollt hätte, hätte ich es nicht geschafft, dorthin zu kommen.«

»Wie kann das sein?«, fragte Schneeflocke misstrauisch. »Niedriges Wasser im Frühjahr?« Schneller Pfeil zuckte mit den Schultern.

Ich entfernte mich von den Feuern, denn ihre Wärme lenkte mich ab. Ich ging in die Richtung, aus der Schneller Pfeil gekommen war, und konnte mit meinen Füßen den Tiefen Fluss spüren. Wasser strömte dort, träge und leblos. Mit geschlossenen Augen hielt ich inne und stellte die Füße fest auf den Boden. Ich tastete die Umgebung ab. Da war schnell strömendes, klares Wasser, aber weiter weg. Es musste etwas geschehen sein, wodurch das Flussbett sich verlagert, der Strom sich geteilt hatte. Tief in Gedanken versunken, folgte ich dem toten Wasser flussaufwärts. Natürlich. Biber! Es waren Biber, die einen Damm aufgeworfen hatten, wodurch sich der Wasserlauf geändert hatte.

Ich lachte vor Erleichterung: »Dort, weiter weg gibt es Wasser.«

Und ich zeigte nach Norden, wo die Landschaft mit niedrigen, dornigen Büschen bewachsen war. Hier und dort waren ein paar Bäume, deren Wurzeln bloßlagen. Ein paar grüne Stellen wiesen auf Wasser hin, vielleicht auf eine Quelle oder einen kleinen Fluss. Der Wind hatte dort freies Spiel, den sandigen Boden aufzuwirbeln.

»Da müssen wir lang«, sagte ich.

Schneeflocke nickte und machte sich daran, die Feuer zu löschen.

Schneller Pfeil schüttelte den Kopf. »Es ist besser, dem Pfad zu folgen«, sagte er.

»Warum?«, fragte ich.

»Es ist besser«, sagte Schneller Pfeil wieder.

»Auf der Seite gibt es Wasser«, sagte ich.

»Wir kommen auch ohne aus.«

Ich nickte. Natürlich kämen wir ohne aus. Wir könnten den Durst mit Wurzeln löschen und für die Hunde hatten wir noch genug Wasser dabei.

»Aber warum?«, fragte ich.

Schneller Pfeil seufzte, gab aber keine Antwort.

»Heulender Wolf hat Recht«, drängte Schneeflocke. »Warum sollten wir ohne Wasser weitergehen? Sag doch, warum?«

Schneller Pfeil starrte in die Ferne. Sein Schweigen schien ewig zu dauern. Einen Moment lang sah es so aus, als wollte er etwas sagen, aber er verschluckte seine Worte. Wieder zuckte er mit den Schultern und sagte: »Gut, lasst uns zum Wasser gehen.«

Ich zögerte.

Aber Schneeflocke war begeistert. »Wunderbar«, sagte sie und wandte sich wieder ihrer Arbeit zu. Ich folgte ihrem Vorbild.

Endlich lief ich voran. Meine Füße tasteten den Boden ab. Steine bröckelten ab und rutschten in dem lockeren Sand weg. Jetzt, da wir den ausgetretenen Pfad verließen, hatten die Hunde es schwer. Immer wieder blieben die Travois zwischen Büschen und Grasbüscheln stecken.

Plötzlich wurden meine Füße eiskalt. Sie spürten Gefahr. Erschrocken blieb ich stehen. Ich gab den beiden anderen ein Zeichen, still zu sein. Schneeflocke war auf der Hut. Sie holte einige flache, runde Steine aus dem Beutel, den sie zwischen ihren Röcken trug, und hielt sie zum Werfen bereit.

Schneller Pfeil schaute um sich, sah aber keine Gefahr.

Schneeflocke machte ein leises, schnalzendes Geräusch, mit dem sie die umherstreunenden Hunde zu sich lockte.

Ich stand noch immer still da. »Eine Schlange«, flüsterte ich.

»Lauf schnell weiter«, rief Schneller Pfeil.

Ich schüttelte den Kopf. »Sie ist direkt vor uns.«

»Dann geh zurück«, sagte Schneller Pfeil.

Wieder schüttelte ich den Kopf. Ich brauchte meine ganze Aufmerksamkeit, um das über den Boden gleitende Geräusch spüren zu können.

Plötzlich erklang direkt in unserer Nähe ein rasselndes Geräusch.

Schneller Pfeil zuckte zurück. »Eine Klapperschlange!«

Über den Boden glitt eine weiße Schlange, eine weiße Klapperschlange. Ihre lange gespaltene Zunge bewegte sich nervös suchend hin und her. Die Klapperschlange sieht schlecht, aber zwischen Augen und Nase hat sie ein kleines Organ, mit dem sie die Wärme ihres Opfers spüren kann. Außerdem tastet sie mit der Zunge die Umgebung ab. Der Biss einer solchen Schlange ist giftig und betäubt das Opfer.

Die Hunde jammerten, unentschieden zwischen Angriff und Flucht. Schneeflocke ließ die Hand, in der sie einen Stein hielt, sinken. Sie wusste auch nicht, was sie tun sollte. Die weiße Klapperschlange war ein heiliges Tier. Alle Schlangen sind heilig, aber die weiße Klapperschlange ist genauso heilig wie der weiße Büffel.

Das Tier glitt langsam aber zielsicher auf Schneller Pfeil zu, der steif vor Angst dastand. Die Schlange hatte es auf ihn abgesehen.

»Schnell«, flüsterte ich. »Gib mir deine Adlerfeder.«

Schneller Pfeil starrte wie versteinert mit großen Angstaugen auf das Tier zu seinen Füßen.

Sehr behutsam, mit ganz langsamen Bewegungen, damit die halb blinde Schlange mich nicht bemerkte, ging ich zu Schneller Pfeil und zog ihm die Adlerfeder aus dem Haar. Ich fühlte, wie mir das Herz in der Kehle schlug, und betete zu meinem Totem, Schneller Pfeil möge stillhalten und sich nicht gegen mich wenden. Denn eine Feder aus jemandes Haaren zu ziehen ist eigentlich völlig undenkbar, es ist vielleicht sogar eine größere Beleidigung, als jemandem die Haare abzuschneiden. Zum Glück reagierte Schneller Pfeil nicht. Ich bedankte mich bei Wilder Schwan und ließ die Feder langsam über dem Kopf der Schlange flattern. Auf und ab, auf und ab, als würde ein Adler über dem Kopf der Schlange kreisen. Mit einer einzigen Feder war die Wirkung nicht sehr groß, aber mir fiel nichts anderes ein. Schneeflocke hielt einen Stein bereit. Heilig oder nicht, sie konnte nicht untätig zuschauen, wie die Schlange Schneller Pfeil bedrohte.

Erst sah es so aus, als würde die Schlange den Schatten der Adlerfeder nicht bemerken. Dann hielt sie den Kopf still. Nur die flimmernde Zunge bewegte sich automatisch weiter.

Ich rief den Adler an, das mächtigste aller Tiere, das dem Himmel am nächsten kommt und die Erde am besten überschauen kann. Mit Herz und Seele versuchte ich die Feder so zu bewegen, wie ein Adler es tun würde. Plötzlich hielt die Schlange die Zunge still. Sie hatte die Bewegung, den Duft des Adlers bemerkt. Ihr Kopf tauchte blitzschnell ab und weg war sie.

Es war still, als das bedrohliche Gerassel der Schlange nicht mehr erklang.

Wir erschraken alle drei, als Sturm anfing zu bellen. Auch die anderen Hunde verloren ihre Angst und bellten laut gegen die Schlange, die endgültig verschwunden war.

Da sah Schneller Pfeil die Feder in meiner Hand. Er schaute darauf und betastete sein Haar. Seine Augen glänzten bedrohlich. Ich reichte ihm die Feder und senkte den Blick. Was sollte ich sagen? Es gehörte sich nicht, jemandem eine Feder aus dem Haar zu ziehen, auch wenn es für einen guten Zweck war.

Aus einem Augenwinkel beobachtete ich, dass Schneeflocke bereitstand, um mich zu verteidigen. Sie war schnell und treffsicher mit ihren Steinen und ich wusste, dass sie sie, falls nötig, benutzen würde.

Ein Lächeln glitt über das Gesicht von Schneller Pfeil. Er nahm mir die Feder aus der Hand und steckte sie sich wieder ins Haar.

»Danke«, sagte er.

Schneeflocke lachte. Die Stimmung zwischen uns hatte sich geändert.

»Woher wusstest du das mit der Feder?«, fragte Schneeflocke.

»Von Weißer Wind«, sagte ich stolz. »Gegen einen Adler verlieren Schlangen immer, deswegen fliehen sie lieber. Ich habe einige Male erlebt, wie Weißer Wind das ausgenutzt hat, nur nahm er dafür mehrere Federn.«

»Was bedeutet das?«, fragte Schneeflocke. »Ist es ein gutes oder ein schlechtes Zeichen?«

»Ich weiß es nicht«, sagte ich. »Ich glaube, ein gutes.«

»Hoffentlich«, sagte Schneller Pfeil ein ganz klein wenig zu heftig. Er hatte sich noch nicht ganz von dem Schrecken erholt und wollte diesen Ort am liebsten so schnell wie möglich verlassen.

Der Tiefe Fluss

Die Ufer des Tiefen Flusses waren tatsächlich steil und tief. Hier musste früher ein schnell strömender Wasserlauf gewesen sein, der den Boden immer weiter ausgeschliffen hatte.

Wir standen am Rande des Ufers und schauten hinunter. Über flachen Pfützen mit trübem Wasser tanzten Insektenwolken. Ihr eintöniges Gesumme erfüllte das schlammige Flussbett.

Schneller Pfeil schüttelte den Kopf. »Das Wasser ist tot.«

Ich nickte. Wir mussten zu dem anderen Wasser, das weiter weg auf der anderen Seite des Stroms lag. Aber wie sollten wir den Tiefen Fluss überqueren? Die Ufer waren zu steil und zu tief, zumal für die Travois.

Schneeflocke entfernte sich etwas von dem trockenen Flussbett und setzte sich hin. Sie fegte ein Stückchen Boden frei und holte neun flache Steine aus ihrem Beutel. Sehr behutsam fing sie an sie aufeinander zu stapeln. Wir beachteten es nicht allzu sehr.

»Wir müssen stromaufwärts laufen«, sagte Schneller Pfeil. »Vielleicht gibt es dort eine bessere Stelle.«

Das schien mir keine gute Idee. Ich rümpfte die Nase. »Nein«, sagte ich. Ich wollte lieber gen Norden.

Die Hunde hatten sich zum Ausruhen hingelegt. Das Gesumme der Insekten schien immer eindringlicher zu werden.

»Da gehe ich nicht hindurch«, sagte Schneller Pfeil.

»Nein«, sagte ich, »nein, natürlich nicht.« Die Vorstellung lockte mich auch nicht, obwohl ich mit den Insekten wenig Probleme hatte. Aber das Ufer war steil und unberechenbar. Der Boden war matschig und ich hatte keine Ahnung, wie tief wir einsinken konnten. Außerdem war ich davon überzeugt, dass es dort unsicher oder zumindest ungesund war.

»Lass uns stromaufwärts gehen«, sagte Schneller Pfeil wieder.

»Nein, wir warten auf Schneeflocke.«

Schneller Pfeil betrachtete erstaunt das Mädchen, das flache Steine aufeinander häufte.

Wir setzten uns zu ihr und schauten ihr zu.

Schneller Pfeil trommelte ungeduldig mit den Fingern. Aus irgendeinem Grund hatte er es eilig, nach Westen zu gehen.

Schneeflocke und ich kümmerten uns nicht darum.

»Neun! Siehst du das?«, fragte Schneeflocke stolz.

Ich lächelte.

Schneller Pfeil wollte sich gerade umdrehen und weggehen, als Schneeflocke mit einer schnellen Bewegung den Turm umstieß. Er erschrak. Neun Steine purzelten durcheinander. Einer rollte weiter weg als die anderen und zwei lagen übereinander. Aus ihrem Beutel holte sie den Eidechsenschwanz und zog damit von einem Stein zum anderen Striche in den Sand. Sie versetzte einen Stein und zeichnete mit dem Eidechsenschwanz wieder etwas auf den Boden. So verschob sie Steine und zog Linien. Dann hob sie die Kiesel auf und steckte sie wieder in die Tasche. Nun studierte sie aufmerksam das Linienmuster, das entstanden war.

»Wir können den Fluss hier überqueren«, sagte sie.

»Gut«, sagte ich.

Ich sah, wie Schneller Pfeil vor Wut dunkelrot wurde. Dennoch hielt er den Mund. Er beugte sich über Schneeflockes Zeichnung. Es dauerte eine Weile, bis er erkannte, was sie darstellte. Die Zeichnung zeigte deutlich eine Schlucht, über die eine Art Brücke aus zwei aneinander geknüpften Travois gelegt war.

Jetzt wurde er ganz blass. »Das ist Magie«, murmelte er.

Schneeflocke lächelte. Mit der flachen Hand wischte sie die Zeichnung weg.

»Kannst du das?«, fragte sie Schneller Pfeil.

»Was?«

»Zwei Travois fest genug aneinander knüpfen?«

»Ja.« Er bekam wieder Farbe. Offenbar war er erleichtert, etwas tun zu können.

Eine erregte Spannung befiel uns. Mit der Kraft und Geschwindigkeit von Schneller Pfeil und der Hilfe von Schneeflockes Steinen musste es gelingen.

Schneller Pfeil machte sich an die Arbeit. Schneeflocke gesellte sich zu den Hunden. Ich ging wieder zum Tiefen Fluss und starrte zum anderen Ufer. Dort drüben würde es Wasser geben, klares, schnell strömendes Wasser, das auch Tiere anziehen würde. Wölfe vielleicht. Das hoffte ich wenigstens, denn uns blieb nicht mehr viel Zeit. Wenn man ein Wolfsjunges zähmen wollte, durfte es nicht zu alt sein. Aber daran wollte ich lieber nicht denken. Erst über den Fluss und Wasser finden. Über den Rest könnte ich mir später noch genug Sorgen machen. Ich lief zu Schneller Pfeil, um zu schauen, ob ich ihm helfen konnte.

Schneller Pfeil hatte zwei Travois von den Hunden losgebunden. Die Enden knüpfte er mit Bisonsehnen zusammen, sodass eine Brücke aus zwei langen Stöcken entstand. An jedem Ende gab es eine Querverbindung, an der das Gepäck festgemacht war. Schneller Pfeil entfernte das Gepäck von dem einen Ende.

»Ist sie lang genug?«, fragte ich.

»Ja«, sagte Schneller Pfeil.

»Und wie kriegen wir sie über den Fluss?«

»Ach, das wird schon gehen«, sagte Schneller Pfeil.

»Soll ich Schneeflocke bitten zu helfen?«

»Von einem Mädchen brauche ich keine Hilfe.«

Ich war da nicht so sicher, aber ich hielt den Mund.

»Nimm du das Ende mit dem Gepäck«, sagte Schneller Pfeil. Die Hunde liefen uns neugierig vor die Füße. Schneller Pfeil nahm das andere Ende. Wir trugen die Brücke ganz nah ans Ufer. Schneller Pfeil schob sie so, dass sie schließlich quer zum Fluss lag.

»Jetzt musst du dich dorthin stellen.« Schneller Pfeil wies auf das Ende mit dem Gepäck. »Zwischen die beiden Stöcke. Warte.« Mit einem Schwung drehte er die Brücke um, sodass das Gepäck jetzt unten lag. »Ja, dort. Mit dem Gesicht zu mir. Du musst sie festhalten, wenn ich sie hochdrücke. Dann kippt die Brücke über dich hinweg zur anderen Seite. Verstehst du?« Aber mir blieb keine Zeit nachzudenken.

»Nein, du sollst nicht zwischen den Stöcken stehen, sondern genau am Ende, aber pass gleich auf, dass du das Gepäck nicht auf den Kopf kriegst.«

Ich hatte keine Ahnung, was ich tun sollte.

»Na ja«, sagte Schneller Pfeil, »du wirst es schon merken.« Und er fasste das eine Ende, hob es über den Kopf und rannte dann schnell auf mich zu, während er die Brücke immer weiter hochdrückte, bis er mir genau gegenüber stand, mit der Brücke zwischen uns.

Ich zog die Stöcke über meinen Kopf, während ich mit den Füßen das wegrutschende untere Ende festhielt. Die Brücke schaukelte gefährlich und fiel dann mit einem ohrenbetäubenden Knall aufs andere Ufer. Die Stöcke bogen sich, zitterten noch kurz und lagen dann still. Ich seufzte vor Erleichterung.

Schneller Pfeil lachte triumphierend. »Was habe ich dir gesagt?«

Die Hunde bellten und schnüffelten aufgeregt herum.

Ich dankte meinem Totem und dem Bison für seine starken Sehnen.

Schneller Pfeil nahm einen Teil des Gepäcks und trug es breitbeinig balancierend über die zwei Stöcke zur anderen Seite.

»Es hält«, jubelte Schneeflocke.

»Natürlich hält es«, sagte Schneller Pfeil und lief schon wieder hinüber. Es war seine Brücke, also brachte er das Gepäck hinüber. Nur bei dem dritten Travois durfte ich ihm helfen.

Als alle Sachen am anderen Ufer waren und Schneller Pfeil mit den Händen auf den Knien verschnaufte, fragte er plötzlich: »Was machen wir mit den Hunden?« Ich betrachtete die beiden Stöcke mit anderen Augen. Die Hunde könnten dort nie hinüber. »Keine Ahnung«, sagte ich.

»Wir können Häute dazwischen spannen«, sagte Schneeflocke.

Schneller Pfeil guckte missbilligend. »Frauenarbeit«, murmelte er und wandte sich von uns ab.

Mir schien es eine gute Idee. Auf jeden Fall hatte ich keine bessere. Also machte sich Schneeflocke ans Werk. Quer über den Stöcken sitzend, spannte sie eine Haut über das mittlere Stück der Brücke. Dann stellte sie sich auf die andere Seite und rief Sturm, der mit einem Sprung auf dem Mittelteil landete. Wieder rief Schneeflocke ihn. Sturm schien dem Untergrund, auf dem er stand, nicht zu trauen. Die Brücke wackelte und Sturm hob vorsichtig eine Pfote hoch, senkte sie wieder und hob dann eine andere Pfote. Er verlagerte das Gewicht von den Vorderbeinen auf die Hinterbeine und dann wieder auf die Vorderbeine.

Schneeflocke klopfte mit der flachen Hand auf ihr Bein und Sturm sprang. Er schaffte es und die anderen Hunden folgten seinem Vorbild. Schneeflocke schaute uns herausfordernd an, aber wir hatten keine Zeit für Lob. Ein weiteres Problem zeichnete sich ab.

»Wie kriegen wir die Brücke jetzt auf diese Seite?«, fragte ich.

»Einfach ziehen«, sagte Schneller Pfeil und legte sofort los. Wenn ich nicht auch schnell einen Stock ergriffen hätte, wäre die Brücke sicherlich gekippt und in die Tiefe gestürzt. Jetzt zogen wir beide die Brücke ans Ufer hoch. Schneeflocke wollte helfen, aber Schneller Pfeil zischte, sie solle aus dem Weg gehen. Enttäuscht fing sie an das Gepäck einzusammeln. Ich hätte ihr gern etwas Nettes gesagt, sie etwas aufgemuntert. Es war nicht gerecht von Schneller Pfeil, sie so zu behandeln. Aber was konnte ich sagen?

»Vielleicht sollten wir unser Lager hier aufschlagen«, sagte Schneeflocke.

»Ausgezeichnet«, sagte ich. »Viel Zeit bleibt uns sowieso nicht mehr und morgen können wir ja eine ordentliche Strecke zurücklegen.«

»Lasst uns weitergehen«, sagte Schneller Pfeil. »Wir müssen uns beeilen.«

»Nein«, sagte ich. »Dann müssen wir jetzt das ganze Gepäck aufbinden und gleich wieder auspacken. Wir bleiben hier.«

Schneller Pfeil gab sich geschlagen und machte sich auf die Jagd nach kleinen Tieren, während Schneeflocke Früchte und Wurzeln suchte. Ich sammelte Holz für die Feuer und Zweige für die Betten.

Und so hatte ich es endlich einmal geschafft, dass Schneeflocke ihren Willen bekam. Das freute mich.

In der Nacht

Wie die Sonne, die wir als unseren Vater betrachten, bereiteten wir uns auf die Nacht vor. Vater Sonne färbte bei seinem Abschied den ganzen Himmel rot, rosa und orange. Als die Mondsichel aufging, schliefen wir alle schon fest.

Die vier Feuer brannten und das Mondlicht tauchte die Landschaft in einen blau-weißen Nebel.

Ich wachte auf, als der Mond schon hoch am Himmel stand. Irgendetwas stimmte nicht. Es dauerte eine Weile, bis ich wusste, was es war. Etwas fehlte. Wieder fühlte ich vorsichtig die Umgebung ab: die Geräusche, die Düfte und den Wind. Nach dem schabenden Geräusch von Sturms Zunge zu urteilen, weinte Schneeflocke schon wieder. Ich nahm mir vor, Schneeflocke am nächsten Morgen nach ihrem Traum zu fragen. Nicht umsonst hatte sie den Eidechsenschwanz: Ihre Träume gaben Rat.

Die Feuer knisterten. Der Wind hatte sich gelegt. Aber etwas fehlte. Dann wusste ich es: die Insekten-

wolke um das Bett von Schneller Pfeil und sein leises Schnarchen. Ich setzte mich auf. Schneller Pfeil war weg!

Ich bat Wilder Schwan, mir beizustehen. Ich bat den Wolf, mir zu helfen, denn ich war ratlos. Was hatte das nun schon wieder zu bedeuten? Warum schlief Schneller Pfeil nicht einfach? Was sollte ich tun? Ihn suchen? Ich hatte keine Lust, aber es schien mir besser, als zu warten. Ich stand so leise wie möglich auf und nahm mein Messer und Pfeil und Bogen. Ich klopfte Sturm zart auf den Rücken. Er musste Schneeflocke jetzt allein bewachen.

Leise hörte ich auf die Geräusche um mich herum. Die Hunde verfolgten gespannt meine Bewegungen. Ich wählte Graue Augen aus, der still und schnell war, ein richtiger Spurensucher. Die anderen Hunde beruhigten sich, manche schliefen schon wieder ein.

Graue Augen lief vor mir her, als wüsste er, was er zu tun hatte. Das Mondlicht, der Hund und meine Füße wiesen mir den Weg. Wir folgten dem Tiefen Fluss stromaufwärts, nach Westen. Ab und an hielten wir inne, um die Umgebung zu erspüren. Der Hund hielt die Nase in den Wind. Ich stellte meine Füße fest auf die Erde und kniff die Augen halb zu.

Da entdeckten wir Schneller Pfeil. Er lief ein ganzes Stück vor uns her. Er lief schnell. Ich zögerte. Graue Augen scharrte ungeduldig im Boden. Er wollte

Schneller Pfeil hinterher. Aber was hatte das für einen Sinn? Ich konnte ihn doch nicht einholen.

Ich weiß nicht mehr, wie lange ich dort gestanden und zugeschaut habe, wie Schneller Pfeil in der Ferne verschwand. Stromaufwärts gen Westen. Was hatte er dort zu suchen? Und warum so geheimnisvoll?

Langsam ging ich zurück. Graue Augen lief voraus.

Die Hunde erschraken, als wir uns dem Lager näherten, aber unsere vertrauten Gerüche beruhigten sie. Unbekümmert schliefen sie weiter. Einer schmatzte im Schlaf. Über Schneeflockes Wangen liefen immer noch Tränen. Und am nächsten Morgen vergaß ich wieder, sie zu fragen, was sie geträumt hatte. Es passierte einfach zu viel zu schnell hintereinander. Ich legte mich auf die Zweige und schlief ein.

Als die leisen Geräusche des frühen Morgens mich weckten, lag Schneller Pfeil ruhig auf seinem Zweighaufen und schlief. Um ihn summte und schwirrte es von Insekten.

»Er muss sich mit Fett einschmieren«, sagte Schneeflocke leise, »sonst wird er noch krank.«

Ich zuckte mit den Schultern. »Wenn er nicht will …«

Schneller Pfeil schlug mit einer Hand die Mücken an seinem Ohr weg, mit der anderen Hand fing er an sich zu kratzen.

»Glotzt nicht so«, murmelte er, als er die Augen aufmachte.

»Du musst dich mit Fett einschmieren«, sagte Schneeflocke, »gegen die Insekten.«

»Das ist meine Sache«, sagte Schneller Pfeil, während er vergeblich versuchte, die Insektenwolke zu verscheuchen.

Ich wollte ihn fragen, wo er in der Nacht gewesen war, aber wenn er so gelaunt war, würde er mir doch keine Antwort geben. »Warum benutzt du kein Fett?«, fragte ich.

»Ein echter Jäger macht das nicht, es riecht zu stark.«

»Pah«, sagte ich, »ein echter Jäger sorgt dafür, dass er Gegenwind hat, und lässt sich nicht von einem Mückenschwarm unterkriegen.«

Schneller Pfeil sprang auf. »Ich lass mich nicht unterkriegen.« Drohend kam er auf mich zu. »Von niemandem.«

»Nun sag mal, was regst du dich so auf? Hast du schlecht geschlafen?«

Ganz kurz erschien ein Glitzern in den Augen von Schneller Pfeil. Dann lachte er. »Ich? Ich habe wunderbar geschlafen. Ich hatte keine Probleme. Und du? Sicher schlecht geschlafen, so weit weg von zu Hause.«

Als ich sah, wie er sich aufregte, kam mir eine Idee.

»Hast du vielleicht Angst?«, fragte ich.

»Angst?« Schneller Pfeil spuckte das Wort fast aus. »Ich und Angst? Hast du was an den Augen, dass du nicht siehst, dass Schneller Pfeil nie Angst hat?

Womit, meinst du, habe ich meine Adlerfeder verdient? Mit Angst?«

»Führt euch doch nicht so auf!«, kam Schneeflocke dazwischen.

»Warum musste ich bloß mit euch mitgehen?«, rief Schneller Pfeil verzweifelt. »Warum sind mir zwei solche Idioten aufgebürdet worden, ein Mädchen und ein Feigling, ein Schmerzmädchen?«

Ich blieb gelassen. Mittlerweile hatte ich mich an seine Schimpftiraden gewöhnt. Außerdem stand er hier allein und ich brauchte keine Angst zu haben, dass er die ganze Gruppe hinter sich bringen würde.

Aber Schneeflocke sprang auf. »Du weißt selbst am besten, warum«, kreischte sie. Ihre Stimme überschlug sich.

Schneller Pfeil war sprachlos vor Erstaunen. Mit offenem Mund starrte er Schneeflocke an.

»Du hast mit Schwan gesprochen. Sie hat dir gesagt, was du hier zu tun hast. Du weißt ganz genau, warum du mitsolltest. Jetzt stell dich nicht so an.«

Sturm war herbeigekommen. Er stand neben Schneeflocke, die Nacken- und Rückenhaare drohend hochgestellt. Er bleckte seine Zähne und knurrte Schneller Pfeil leise an.

»Ich, eh … ich«, stotterte dieser.

Ich versuchte seine Verwirrung auszunutzen und fragte: »Wo warst du heute Nacht?«

»Heute Nacht? Ich, eh …« Erst verhaspelte er sich,

dann fragte er mit eisiger Miene: »Ich? Heute Nacht? Wieso?«

»Du warst weg«, sagte ich. »Ich bin dir gefolgt.«

»Dann hast du geträumt«, sagte Schneller Pfeil hochnäsig. »Ich habe genauso geschlafen wie du.«

Ich zuckte mit den Schultern. Es war zwecklos, mit ihm zu reden.

»Sollen wir essen?«, fragte Schneeflocke.

Während des Essens beobachteten wir uns gegenseitig argwöhnisch. Schneeflocke war wütend auf Schneller Pfeil, der sich bemühte, so gleichgültig wie möglich auszusehen. Es dauerte nicht lange, bis sie ihn anfuhr.

»Es ist mir egal, dass du mein Fett nicht benutzen willst, aber hör auf mit dem Gekratze oder setz dich woandershin. Es macht mich verrückt.«

»Setz dich selbst woandershin«, sagte Schneller Pfeil, während er sich ruhig weiterkratzte.

»Pass auf, du Dummkopf«, zischte Schneeflocke. Sturm stand schon wieder neben ihr, bereit anzugreifen.

»Ich habe keine Angst vor dir und deinem Köter«, sagte Schneller Pfeil.

»Nein, Dummkopf, du hast vor gar nichts Angst.«

»Nein«, sagte Schneller Pfeil ganz selbstsicher. »Ich habe vor nichts Angst.«

»Genau, das ist es gerade. Weil du zu dumm bist.«

Schneller Pfeil und ich schauten das Mädchen entsetzt an. Das war jetzt doch sehr dreist einem älteren Jungen gegenüber, der schon fast ein Krieger war.

»Was hast du zu meckern?«, schrie Schneller Pfeil.

Schneeflocke stand auf und ging mit Sturm zusammen weg.

Schneller Pfeil schaute mich fragend an. »Verstehst du das?«

Ich schüttelte den Kopf.

Der Rhythmus des Landes

Ich packte die Sachen zusammen und räumte das Lager auf. Ich war es leid. Dieses Gezanke die ganze Zeit. Und je länger ich darüber nachdachte, desto sicherer wusste ich: Ich würde allein weitergehen. Genau wie ein Späher. Allein auf der Suche nach Wasser und Wolfsspuren. Jetzt wurde ich doch nur abgelenkt durch die Reibereien und wir kamen gar nicht voran. Ich würde Graue Augen mitnehmen und sonst niemanden. Zufrieden mit mir und meinem Beschluss ging ich zu Schneller Pfeil.

»Ich gehe allein weiter.«

Schneller Pfeil suchte nach Worten. »Aber … aber, das geht doch nicht. Wir sind doch zu dritt.«

»Ja.«

»Willst du mich etwa mit Schneeflocke allein lassen?«

»Warum nicht?«

»Ein Mädchen!«

»Hast du Angst vor ihr?«

Hinter uns kicherte Schneeflocke spöttisch.

Wie ein gebissener Hund drehte Schneller Pfeil sich um. »Er will allein weiter«, sagte er.

»Das wurde auch Zeit«, sagte Schneeflocke.

»Wieso?«, fragte ich.

»Willst du nicht Medizinmann werden?«, fragte sie.

Ich bekam keine Chance, sie zu fragen, was sie meinte.

»Der? Medizinmann?«, rief Schneller Pfeil aus. Es war eine Beleidigung für ihn. Und ein Rätsel. Er schaute von Schneeflocke zu mir und wusste nicht, wen er um eine Erklärung bitten sollte.

»Was wirst du tun?«, fragte er schließlich.

»Mich auf die Suche machen und hoffentlich ein Wolfsjunges fangen. Allein.«

»Nimm Sturm mit«, sagte Schneeflocke.

»Nein. Graue Augen kommt mit.«

»Und wir?«, fragte Schneller Pfeil. »Müssen wir hier bleiben?«

»Ja.«

»Das kannst du nicht machen«, sagte Schneller Pfeil. »Was sollen wir denn in der Zwischenzeit tun?«

»Auf jeden Fall nicht kratzen«, antwortete Schneeflocke.

»Ich komme lieber mit«, sagte Schneller Pfeil.

Ich schüttelte den Kopf. »Nein. Ich gehe allein mit Graue Augen. Ihr wartet hier.«

Schneller Pfeil schaute sich fragend um, als hoffte er, von irgendwoher Hilfe zu bekommen.

»Dann geh also«, sagte Schneeflocke.

»Gut«, sagte ich, aber ich war schon nicht mehr ganz so überzeugt. War es vernünftig, die beiden zusammen zurückzulassen?

Ich nahm schweigend meine Sachen und machte mich auf den Weg. Zuerst ging ich in gewohntem

Tempo, noch ein wenig zögernd. Dann fing ich an zu rennen. Graue Augen rannte vor mir her. Wir genossen beide den Raum, in dem wir uns bewegen konnten, und unsere Geschwindigkeit. Jetzt brauchte ich nicht mehr zu überlegen, nicht mehr zu zweifeln, nicht mehr zu grübeln. Nur noch zu rennen. Mein Messer hing an meinem Gürtel, Pfeil und Bogen trug ich um die Schulter.

Ich rannte im Rhythmus des Landes. Der Rhythmus, der durch meine Füße und meine Beine in meinen Leib strömte. Ich rannte und Graue Augen lief vor mir her. Meine Füße spürten, wie die Landschaft sich veränderte, wie alles grüner und feuchter wurde.

Ich merkte, dass es hier Tiere gab. Und ich bemerkte auch den gleichmäßigen Schritt eines Hundes, der mir in geringer Entfernung folgte. Ich erhöhte mein Tempo. Ich wollte alles verlassen, was hinter mir lag. Nicht innehalten, sondern weitergehen. Auch der Hund hinter mir beschleunigte sein Tempo. Und ich wusste, dass es Sturm war, der mir in gewissem Abstand folgte, bis ich ihm ein Zeichen geben würde, dass er näher kommen durfte. Schneeflocke hatte ihn mir nachgeschickt.

Ich fing an zu singen. Der Rhythmus bestimmte meinen Atem, regelte die Klänge des Liedes. Ich war glücklich, eins mit dem Rhythmus, eins mit dem Land, dem Wind und dem Himmel.

Und so rannte ich, bis der Hunger anfing zu nagen

und mein Lied verstummte. Ich hatte Durst und leckte mir den salzigen Schweiß von der Oberlippe.

Die Sonne war längst über ihren höchsten Punkt hinaus, als ich anhielt und die Umgebung in mich aufnahm. Das Geräusch von strömendem Wasser war jetzt ganz nah. Es übertönte das Rascheln der Blätter. Hier gab es mehr Grün: Bäume, Büsche und Gras. In dem schmalen Streifen neben dem Fluss wohnten Tiere, die das Wasser liebten und das weiche, saftige Gras. Kaninchen, vielleicht sogar Enten. Ich leckte mir die Lippen und nahm Pfeil und Bogen. Mein Atem, meine Haltung und mein schleichender Schritt waren die eines Jägers. Gegen den Wind erspürte ich die Umgebung. Graue Augen war weiter vorausgelaufen.

Das plötzliche Geschnatter einer auffliegenden Ente schreckte mich auf. Vermutlich war sie von dem Hund verscheucht worden. Schnell legte ich an und schoss den Pfeil ab, zugleich betete ich zur Ente und entschuldigte mich für meinen Hunger. Ich hörte ein leises Plumpsen und bedankte mich bei Graue Augen für seinen Anteil an diesem Fang.

Dann holte ich die Ente und lief mit ihr zum Fluss, dorthin, wo am Ufer lehmiger Ton zu finden war. Das Wasser strömte schnell und führte Steine mit sich, die plätschernd aufeinander rollten. Die Ufer waren üppig bewachsen. Kräuterdüfte stiegen auf.

Ich drehte die Ente in dem Ton und machte ein

Feuer. Während das Fleisch in der hart werdenden Tonschicht garte, holte ich Wasser und suchte Wurzeln und Beeren. Mit zwei Stöcken angelte ich die Ente aus den Flammen und warf sie auf den Boden. Der hart gebackene Ton sprang in Stücke, wobei die Federn im Ton stecken blieben. Die Ente war gerupft.

Das beste Stück Fleisch warf ich zurück ins Feuer als Dank an die Ente, die ihr Leben gelassen hatte. Dann gab ich Graue Augen seinen Teil. Jetzt rief ich auch Sturm herbei, der noch Abstand gehalten hatte. Er bekam ebenfalls ein Stück ab. Schließlich aß ich selbst den Rest. Die übrig gebliebenen Knöchelchen verstaute ich in meinem Beutel. Man wusste ja nie, was man noch mal brauchen konnte.

Ich legte die Zweige ins Feuer, sodass es hoch aufloderte, machte mir ein Bett zurecht und legte mich zum Schlafen hin. Die Hunde wachten.

Wölfe

Am nächsten Morgen machte ich mich früh auf den Weg. Ich nahm mir nicht einmal die Zeit zu essen. Unterwegs würde ich schon etwas finden. Den Hunden befahl ich, beim Feuer zu bleiben. Wenn sie einen Wolf wittern würden, wäre das Risiko zu groß, dass sie angreifen würden, was ich um jeden Preis vermeiden wollte.

Ich ging langsam gegen den Wind und nahm sorgfältig alle Signale aus der Umgebung auf.

Oft stand ich einfach still da und wartete und horchte, während mich eine große Spannung überkam: Hier, irgendwo versteckt im Grünen, waren Wölfe. Ich wusste es ganz sicher. Eine Mutter mit Jungen und irgendwo im Hintergrund ein Vater, der aufpasste.

Wieder hielt ich inne. Es war zu still. Kein Tier, kein Vogel machte ein Geräusch. Die Stille warnte mich, aber ich konnte in meiner direkten Umgebung keine Gefahr entdecken. Ich schaute hoch und sah in der hellblauen Luft hoch über mir einen Adler kreisen. Höher und höher. Ich hielt den Atem an. Bereitete der Vogel sich auf die Jagd vor? Welche Beute hatte er ins Auge gefasst? Ich verfolgte den Flug des Vogels. Noch viel höher stieg er, bis er nur noch ein kleiner Punkt war.

Dann, völlig unerwartet, überfiel mich die Angst. Ganz in meiner Nähe drohte Gefahr. Das Blut rauschte mir in den Ohren. Mein Herz klopfte wie verrückt. Ich zog den Kopf so weit wie möglich zwischen die Schultern und hielt die Pfeile und den Bogen griffbereit. Ich spähte nach allen Seiten. Direkt vor mir starrten mich zwei Augen aus dem Gebüsch an. Mir stockte der Atem. Alle meine Muskeln waren angespannt. Ich umklammerte den Bogen und war zum Schießen bereit. Die zwei Augen starrten mich immer noch an. Hatte sich das Tier genauso erschreckt wie ich?

Ich stand regungslos da. Ich wusste, dass es besser wäre, wenn ich den Blick senken würde, aber ich traute mich nicht. Ich musste auf die Augen achten.

Der Bann wurde gebrochen, als eine weiße Feder mit schwarzer Spitze zwischen uns vom Himmel herabschwebte. Mein Blick wurde auf die Feder gelenkt. Dann schaute ich hoch zu dem Adler, der sich auf den Angriff vorbereitete und schließlich herunterstürzte. Das Jaulen eines kleinen Tieres durchbrach die beängstigende Stille.

Im Gebüsch vor mir raschelte etwas. Die starrenden Augen waren verschwunden. Ich konnte gerade noch einen Blick des flüchtenden Tieres erhaschen. Aber das reichte. Es war ein Wolf!

Ich blieb auf der Hut, bis ich sicher sein konnte, dass ich mich vor dem Wolf nicht mehr zu fürchten brauchte. Dann blickte ich zum Himmel, doch der Adler war nicht zu sehen. Im Gestrüpp ertönten jetzt wieder allerlei Geräusche und die Vögel machten sich wieder bemerkbar.

Ich hob die Adlerfeder mit gebührendem Respekt auf. Auch wenn ich sie nicht gerade durch erwiesenen Mut verdient hatte, war sie mir doch von dem Adler geschenkt worden. Ich dankte dem Vogel. Dann, mit der Feder noch in der Hand, folgte ich der Spur des Wolfes. Würde er zu einer Höhle gehen, um sein Weibchen und die Jungen zu schützen? Oder würde er mich in immer größer werdenden Kreisen weglocken, weg von der Höhle?

Ich würde es bald herausfinden. Zum Glück lief der Wolf gegen den Wind. Wusste er, dass er verfolgt wurde?

Ich lief sehr schnell, bis das Grün dichter wurde und schwerer zu durchdringen. Ich steckte die Feder zu dem Wolfszahn, den ich umklammerte und um Kraft bat. Mit Pfeil und Bogen und dem Messer in der Hand schlich ich durch das Gebüsch.

Und dann hörte ich das zarte Knurren und Knabbern von spielenden Wölfen. Noch leiser, noch vorsichtiger schlich ich heran. Und dann sah ich sie. Auf einer kleinen Lichtung, versteckt im Gebüsch, waren drei Wolfsjunge. Sie kugelten übereinander. Einer brummte bedrohlich, wurde aber gleich von den beiden anderen überrannt.

Je nach Sonne, Wind und Wolken änderte sich das Licht ständig. Manchmal verschwanden die drei Welpen im Schatten, dann wieder wurden sie von der Sonne kräftig beschienen. Die Mutter schaute ruhig zu. Aber wo war der Vater? Nachdem ich die Umgebung in mich aufgenommen und die Wölfe lange genug beobachtet hatte, beschloss ich, zu den Hunden zurückzukehren. Vorläufig wusste ich genug.

Die Hunde empfingen mich voller Aufregung. Der Geruch des Wolfes hing an mir und machte die Hunde wild. Aber ich war überglücklich. Der Adler hatte mich auf die Spur des Wolfes gebracht und mir eine Feder geschenkt. Es gab klares Wasser, ich konnte also trinken, so viel ich wollte, ich konnte mich waschen und schwimmen. Und was natürlich am allerwichtigsten war: Ich hatte die Wölfe rechtzeitig gefunden. Die Welpen waren noch jung genug, um sich an meinen Geruch zu gewöhnen. Und alt genug, um für die Nahrung nicht mehr ganz von der Mutter abhängig zu sein.

Das Leben allein gefiel mir gut. Es gab genug zu essen und zu trinken und ich brauchte auf niemanden Rücksicht zu nehmen.

Ich jagte kleine Tiere wie Kaninchen und fing Fische. Als ich zu den Wölfen ging, bot ich zuerst der Wolfsmutter etwas von der Beute an. Das war gefährlich. Ich konnte nicht sehr nah kommen. Mit ihren Jungen um sich würde sie mich sofort angreifen. Deshalb hielt ich Abstand, als ich ihr das Essen zuwarf. Auch das war nicht ohne Risiko. Der Fleischgeruch könnte ihre Fresslust wecken, und die könnte sie dann an mir ausleben. Aber die Wolfsmutter rümpfte die Nase vor meiner Beute. Anscheinend traute sie dem Menschengeruch nicht, der daran hing. Sie ließ den Fang liegen und die Wolfsjungen machten sich darüber her.

Ich blieb auf der Hut. Die Mutter könnte mich leicht angreifen. Aber sie verhielt sich ruhig. Der Vater musste auch irgendwo in der Nähe sein. Wahrscheinlich beobachtete er mich aus geringer Entfernung.

Nach einigen Tagen fand die Wolfsmutter an der Beute Gefallen. Sie ließ es sich schmecken. Jetzt musste ich öfter auf die Jagd: für die Mutter und für ihre Jungen.

Ich wusste, welches Junge ich mitnehmen wollte: das kleinste, das mit rührender Durchhaltekraft die beiden anderen angriff und jedes Mal den Kürzeren

zog, um dann doch wieder zum Angriff überzugehen. Es war Liebe auf den ersten Blick. Das kleinste war das schönste von den dreien, verspielt, mit geschmeidigen Bewegungen und mit einem glänzenden, goldbraunen Pelz.

Ich fing an es zu bevorzugen und gab ihm etwas mehr zu fressen als den beiden anderen. Dadurch wurde ihre Eifersucht geweckt und sie fingen an sich von dem Kleinsten abzuwenden, sie fletschten die Zähne und knurrten es an. Das schien dem Tier jedoch nichts auszumachen. Es hielt durch. Ich wusste, dass dies das Wolfsjunge war, das ich brauchte. Denn auch bei den Hunden des Stammes würde es einen schweren Stand haben. Es würde um seinen Platz ringen müssen und dürfte nicht zu schnell zurückschrecken, denn dann würden die Hunde es zerfleischen.

Ich hatte mir viele Namen für das Wolfsjunge überlegt, aber schließlich entschied ich, dass es einfach Wolf heißen sollte. Ich wusste nur noch nicht, wie ich es fangen sollte.

Nach einiger Zeit änderte ich meine Vorgehensweise. Ich gab der Mutter und den beiden anderen mehr Futter, während ich Wolf ein wenig weglockte, bevor ich ihm etwas zu fressen gab. Die Wölfe waren damit sehr zufrieden. Sie ließen mich gewähren, während Wolf in meiner Nähe blieb und zunehmend weiter und länger von ihnen wegging. Und so gewöhnte sich Wolf allmählich an meinen Geruch.

Ich hatte keine Ahnung, wie viele Tage ich schon dort war. Es war bereits einmal Vollmond gewesen und jetzt stand der Mond schon wieder voll am Himmel. Ich lenkte meine ganze Aufmerksamkeit auf Wolf und überdachte jeden neuen Schritt.

Aus Weidenrinde drehte ich ein Seil und ließ Wolf damit spielen. Er biss hinein, zog daran und auf diese Art wurde er mit der Schnur vertraut. Es war nicht einfach, ihm den Strick um den Hals zu binden, aber es musste sein. Ich konnte ihn auch nicht weiter damit spielen lassen; er würde ihn kaputtbeißen.

Schließlich gewöhnte er sich an den zunehmend größeren Abstand zur Höhle und an das Seil um seinen Hals und er lernte, einfachen Befehlen wie »Platz« und »bei Fuß« zu gehorchen.

Von Wölfen und einem Luchs

Eines Nachts hatte ich einen merkwürdigen Traum. Es war eigentlich nur ein Bild: Ein Schwan saß zusammengekauert im Dunkeln. Ich wachte mit einem Schuldgefühl auf. Das Schwanenjunge! Ich hätte mich um das Schwanenjunge in der Höhle kümmern müssen und hatte es vergessen.

Zuerst wollte ich sofort zurückkehren, aber das fand ich dann doch übertrieben. Ich, Heulender Wolf, hatte das Wolfsjunge zu fangen, dann würde ich Medizinmannlehrling werden. Ich konnte nicht alles auf einmal. Und ein Schwanenjunges pflegen … Das war eher eine Aufgabe für ein Mädchen. Ich hatte jetzt Wichtigeres zu tun. Ich musste jagen und einen Wolf einfangen. Wegen des Schwanenjungen war ich traurig, aber es ging nicht anders. Ich schlief wieder ein, das Schuldgefühl nagte jedoch weiterhin.

Am Morgen hing Unruhe in der Luft. Zur Sicherheit knüpfte ich die Hunde fest. Ich hatte Angst, dass sie dem Wolfsvater oder – schlimmer noch – der

Wolfsmutter mit ihren Jungen begegnen würden. Sturm wehrte sich. Es war nicht leicht, ihm ein Seil um den Hals zu binden. Ich befestigte es kurz hinter seinem Hals an einem langen Stock. Den Stock knüpfte ich mit einem Strick an einem Baum fest. So hatte er keine Chance, mit seinen scharfen Zähnen in die Nähe des Stocks zu kommen und ihn durchzubeißen. Mit Graue Augen war es zum Glück einfacher.

Die Unruhe blieb. Der Wind nahm zu, während die Sonne kräftiger als vorher schien. Ich bat die Adlerfeder und meinen Wolfszahn um Kraft und Weisheit und ging auf die Jagd. Doch irgendetwas stimmte nicht. Alle Spuren schienen sich zu verlieren. Etwas oder jemand durchkreuzte meinen Pfad und ich sah ihn erst, als es schon zu spät war.

Hinter mir ertönte ein heftiges, kurzes Gerassel, und bevor ich mich umdrehen konnte, fühlte ich bereits die Wolfszähne in meiner Schulter. Mit seinen scharfen Tatzen riss der Wolf mir den Rücken und die Beine auf. Wir fielen hin. Der Wolf hatte mich losgelassen und versuchte hochzukommen. Ich dachte nicht nach, ich konnte nicht denken. Mit einem kurzen Ruck zog ich an seinen Pfoten, sodass er umfiel und sich nicht für einen neuen Angriff befreien konnte. Knurrend und brummend versuchte der Wolf mir in die Hand zu beißen. Mit seinen starken Pfoten schlug er um sich.

Ich versuchte in dem dicken Pelz hinter seinem Kopf Halt zu finden, aber seine scharfen Zähne schnappten nach meinen Fingern. Schon wieder hatte er mich gebissen. Diesmal in den Unterarm.

Ich wusste, dass ich gegen einen erwachsenen Wolfsvater nicht ankommen konnte, schon gar nicht jetzt, wo ich am Boden lag und es mir nicht gelang, den Wolf zu Boden zu werfen. Aber ich würde kämpfen. Mit bloßen Händen, denn ich konnte mein Messer nicht herausholen. Ich war zu sehr damit beschäftigt, seinem Kopf auszuweichen und seinem blutigen

Maul, mit dem er es auf meinen Hals abgesehen hatte. Ich trat mit den Füßen gegen seinen Bauch, aber das machte ihn noch aggressiver. Schleim und Blut klebten an seiner Schnauze. Ich zog meinen Kopf so weit wie möglich weg und schlug dabei gegen einen Stein.

In Windeseile ergriff ich den Stein und stopfte ihn dem Wolf ins Maul. Der Wolf schrak zurück, versuchte das Maul zu schließen, aber der Stein klemmte zwischen seinen Kieferknochen. Mit aller Kraft versuchte er den Stein mit der Zunge wegzustoßen, aber ich hatte mehr Halt und drückte den Stein weiter und weiter in seinen Rachen hinein. Der Wolf schüttelte heftig den Kopf und rieb sich mit einer Pfote ums Maul. Diesen Moment nutzte ich aus, um mein Messer zu zücken. Ich wollte zustoßen, aber die Hilflosigkeit des Tiers hielt mich davon ab. Der Wolf hatte den Kopf nach vorn gebeugt und würgte. Sein ganzer Körper war angespannt bei dem Versuch, den Stein aus der Kehle herauszubringen. Ich zögerte. Ich konnte dem Wolf nicht helfen, das wäre zu gefährlich, aber töten konnte ich ihn auch nicht.

Hinter mir erklang wüstes Gebell. Sturm hatte sich befreit. Die Reste des Stockes hinter sich herschleifend, rannte er auf den Wolf zu. Die Zweifel waren verschwunden. Ich musste Sturm zuvorkommen. Solch einen ungleichen Kampf wollte ich nicht und ich stach zu. Ich traf gleich die richtige Stelle. Der Wolf war tot, bevor Sturm ihn ansprang.

Ich gab mir keine Mühe, den Hund zurückzuhalten, es wäre mir doch nicht gelungen. Also drehte ich mich um und entfernte mich von dem schrecklichen Schauspiel. Im Fluss wusch ich meine Wunden, aber das Blut hörte nicht auf zu strömen. Ich ging zum Feuer und schmierte Asche auf die verletzte Haut. Das würde das Blut stillen. Ich verbiss mir den Schmerz und machte mich auf die Suche nach Sturm, der ruhig neben dem toten Wolf auf mich wartete. Dankbar klopfte ich ihm auf den Rücken. Um ein Haar hätte ich seine Hilfe dringend nötig gehabt.

Ich durchtrennte das Seil, machte den zerbrochenen Stock von seinem Nacken los und schickte den Hund zurück zu Schneeflocke. Sie würde verstehen, dass ich auf dem Weg war. Aber Sturm ließ sich nicht so einfach wegschicken. Ich bedankte mich nochmals ausgiebig bei ihm, aus tiefstem Herzen. Das schien ihn zu überzeugen. Wieder forderte ich ihn auf, zu Schneeflocke zurückzukehren, und jetzt rannte er los. Ich war stolz auf mein Schwesterchen, das den Hund so gut dressiert hatte, und sehnte mich danach, wieder bei ihr zu sein. Und nach Hause zurückzukehren.

Ich schaute Sturm hinterher. Er verschwand bald im Gebüsch. Dann schnitt ich das Ende des Wolfsschwanzes ab und band es als Trophäe mit dem Wolfszahn und der Adlerfeder zusammen. Ich verabschiedete mich von dem toten Wolf und dankte meinem Totem und Mutter Erde für ihre Hilfe. Dann machte ich mich auf den Weg, um Wolf zu holen.

Ich musste jetzt äußerst vorsichtig sein. Der Geruch von Blut könnte sogar einen gezähmten Wolf angriffslustig machen. Außerdem hatte ich keine Beute, um die Wolfsmutter und die beiden Jungen abzulenken.

Gegen den Wind laufend, näherte ich mich der Höhle. Nicht zu nah, das wäre gefährlich. Aus dieser Distanz rief ich leise Wolf zu mir. Aber kein Wolf, der mir fröhlich und erwartungsvoll entgegenrannte. Ich griff nach meinem Messer. Die Waffe in der einen Hand, das Seil in der anderen, schlich ich näher an die Höhle heran.

Ich lauschte auf die Vögel und auf den Wind zwischen den Büschen. Es wirkte alles zu friedlich. War es die Ruhe vor dem Sturm oder die Stille nach einem Kampf? Mit den Füßen tastete ich den Boden ab. In der Nähe der Höhle war alles ruhig, viel zu ruhig. Wo waren die tobenden Wolfsjungen und die Mutter, die ihnen zuschaute? War sie vielleicht auf der Jagd? Dann wäre sie eine noch größere Gefahr als der Wolfsvater. Dennoch musste ich weiter. Ich schlich zu der Lichtung. Wieder rief ich, aber niemand kam.

Dann sah ich Spuren, einen abgebrochenen Zweig und Abdrücke am Boden. Und dann bemerkte ich den Geruch eines Luchses. Vor Schreck hielt ich den Atem an. Ich sog den Duft nochmals ein. Ein Luchs war in der Nähe und ich war hier die ganze Zeit mit Beute umhergerannt und hatte mit Wolf gespielt. Ich konnte mich glücklich schätzen, dass ich noch am Leben war. Und trotz meines Schreckens musste ich lachen, weil ich mich die ganze Zeit vor einem Wolf gefürchtet hatte, während ein viel gefährlicheres Tier umherschlich. Die Gegenwart eines Luchses erklärte die morgendliche Unruhe in der Luft. Und die Stille bedeutete wahrscheinlich …

Ich lebte, aber wie lange noch?

So gut, wie es mit dem verletzten Arm und der Schulter ging, lief ich zu der Lichtung, während ich verzweifelt zu meinem Totem betete: »Lass von mir aus den Luchs die ganze Welt angreifen und auffressen, nur nicht Wolf. Mach, dass er Wolf verschont hat. Ein Wolf ist kein Gegner für einen Luchs, der mit seinem Maul und seinen scharfen Klauen kämpft.«

Die Stille. Ich war mir sicher, dass der Luchs die Wölfe angegriffen hatte. Aber wie viele und wen hatte er als Beute mitgenommen?

Ich kam zu der Lichtung. Leer. Verzweifelt blieb ich stehen. Leer … oder doch nicht? Ich schaute genauer hin. Irgendwo direkt in der Nähe der Höhle war etwas zu hören. Ich schlich näher heran. Das Herz schlug mir bis zum Hals. Da sah ich Wolf. Und wie viel Mitleid ich auch mit der Mutter empfand, die dort verletzt lag, meine Erleichterung überwog. Die beiden anderen Jungen waren weg. Vielleicht hatte der Luchs sie mitgenommen.

Ich musste mich beeilen, denn der Luchs würde so eine leichte Beute wie die verletzte Wolfsmutter nicht lange liegen lassen. Ich knüpfte das Seil um Wolfs Nacken, während er seiner Mutter die Wunden leckte. Ich schaute die Wolfsmutter an und schüttelte den Kopf. Ich konnte sie nicht retten, sie war zu schwer verletzt. Danach schaute ich mich um. Noch keine Spur von dem Luchs.

Wenn ich Wolf nicht verstören wollte, durfte ich nicht in Panik geraten. Ich setzte mich zu ihm, streichelte ihn, sprach beruhigende Worte, bis er endlich Vertrauen fasste.

»Komm«, sagte ich.

Wolf blieb zögernd stehen.

»Komm«, sagte ich noch einmal und zerrte ein wenig an dem Seil. Das Wolfsjunge setzte sich in Bewegung. Ich fing an zu laufen und Wolf folgte mir. Ich atmete erleichtert auf. Wir mussten diesen Ort so schnell wie möglich verlassen.

Ich war ständig auf der Hut und horchte auf die Stille, als ich mit Wolf zu meinem Nachtlager rannte. Zum Glück war es dort nicht still. Ich hörte Geraschel von kleinen Tieren und der kleine Wolf sprang fröhlich um mich herum. Noch nie war er so weit weg von seiner Höhle gewesen. Unterwegs genoss er alles Neue, bis wir zum Schlafplatz kamen und er den Geruch des Hundes bemerkte. Alle Fröhlichkeit war dahin. Seine Nackenhaare richteten sich auf. Er zog die Lefzen hoch und bleckte die Zähne. Leise knurrend ging er dem Geruch des Hundes nach.

Ich hielt die Leine kurz. Der stechende Schmerz in meiner Schulter war schlimmer geworden. Vor meinen Augen erschienen Lichtblitze und Schwindel erregende Sonnenflecken. Aber ich musste wachsam bleiben.

Da entdeckte Wolf den Hund, der auf ihn wartete, und ich dankte meinem Totem, dass Graue Augen noch festgebunden und nicht von dem Luchs getötet worden war.

Der Hund und das Wolfsjunge knurrten sich bedrohlich an. Beide zerrten an ihrem Seil. Der heftige Ruck von Wolf riss die Wunde an meinem Arm wieder auf und sie fing wieder an zu bluten. Vor Schmerz schrie ich laut auf. Wolf hielt erschrocken inne und schnupperte erstaunt. Ich zog ihn wieder zu mir und versuchte sowohl den Hund als das Wolfsjunge mit Worten zu beruhigen. Auch Graue Augen hörte schließlich auf zu knurren. Während ich weiter beruhigend auf die Tiere einredete, fing ich an die Reste meiner Schlafstätte aufzuräumen.

Wolf schaute verstohlen auf das Feuer, das ich löschte, indem ich die brennenden Zweige herauszerrte und sie über den Boden rollte. Er hielt das für ein lustiges Spiel. Er schnappte nach einem rollenden Zweig und verbrannte sich das Maul. Wimmernd sprang er zurück. Als ich das Feuer gelöscht hatte, sah die Stelle wieder so aus, wie ich sie vorgefunden hatte.

Ich band den Hund und das Wolfsjunge an die zwei Enden eines Stocks. So konnten sie sich nicht angreifen. Sie würden sich schon an die Gesellschaft des anderen gewöhnen. Ich ließ sie am Fluss trinken und dann konnten wir endlich weg von dieser gefährlichen Stelle.

Am liebsten wäre ich losgerannt, um den grünen Streifen Land, in dem der Luchs umherstreifte, so schnell wie möglich hinter mir zu lassen, aber ich hatte nicht genügend Kraft. Mühsam ging ich hinter Graue Augen und Wolf her. Die Lichtblitze vor meinen Augen wurden immer schlimmer. Obwohl ich im brennenden Sonnenlicht lief, schien die Landschaft dunkler zu werden. Ich konnte nicht denken, nur weiterlaufen und keuchend ein Lied summen, das meine Füße zum Weitergehen antrieb. Und ich lief weiter, während sich die beiden Tiere vor mir in der Finsternis auflösten. Ich bemerkte es nicht, ich spürte den Schmerz nicht. Ich lief im Rhythmus des Liedes, das in meinem Kopf erklang.

War es mein Totem, Wilder Schwan, war es mein Instinkt oder reiner Zufall, dass ich eine Stelle suchte, wo die Erde sich rot und warm anfühlte? Auf jeden Fall fand ich eine solche Stelle. Das Lied in meinem Kopf verstummte und ich ließ mich in den Schoß von Mutter Erde fallen. Der Hund und das Wolfsjunge beschnüffelten mich und leckten mir die Wunden.

Der weinende Schwan

Zwei ganze Tage lag ich dort. Die Wärme von Mutter Erde half meine Wunden zu heilen. Mein Mund war trocken, meine Lippen waren aufgesprungen, meine Augen brannten und ich war so steif wie ein Brett. Aber als ich zum ersten Mal wieder die Augen öffnete und in Wolfs braune Augen schaute – er hatte sich nah an mich geschmiegt –, da wusste ich, dass ich es geschafft hatte. Ich würde ein Medizinmannlehrling werden. Ich, Heulender Wolf.

Eine Hand hob meinen Kopf und goss ein süßes Getränk zwischen meine Lippen. Schneeflocke. Ich lächelte ihr zu und fühlte, wie ich wieder wegsackte in einen tiefen, wohligen Schlaf. Das Erste, was ich später wahrnahm, waren Wolfs wärmende Nähe und Schneeflockes Stimme, die leise Lieder für mich sang. Und ich wusste, dass alles gut war. Steif und hölzern versuchte ich aufzustehen, aber ich beschloss es beim Sitzen zu belassen. Jetzt konnte ich den Trank, den Schneeflocke mir bereitet hatte, selbst trinken.

»Alles in Ordnung?«, fragte sie. Sie schaute auf den Wolfsschwanz und die Adlerfeder um meinen Hals.

Ich nickte, stolz und zufrieden.

»Wie …?«, fragte ich. Meine Stimme kippte.

»Sturm«, sagte Schneeflocke. »Er hat uns hierher gebracht. Wegen des Wolfsjungen war es nicht einfach, näher an dich heranzukommen. Es hat dich tapfer verteidigt.« Sie streichelte Wolf, der sich auf den Rücken drehte und sich genussvoll verwöhnen ließ. Ein Stich von Eifersucht durchbohrte mein Herz. Schneeflocke zähmte jedes Tier. Die Tiere liebten sie. Sie brauchte sie nicht mit Fleischbrocken zu locken.

»Er heißt Wolf«, sagte ich. Als er seinen Namen hörte, kam Wolf auf mich zu und kuschelte sich an meine Füße. Ich fühlte mich gleich ein ganzes Stück besser.

»Schöner Name.«

»Ging es mit den Hunden?«

»Sturm hat ihn unter seine Obhut genommen. Solange er da ist, werden sie ihn nicht angreifen. Und ich werde dafür sorgen, dass er die Hunde nicht angreift. Er ist nämlich ganz schön wild.«

Sitzen, reden und zuhören kostete mich am Anfang sehr viel Kraft. Ich legte mich wieder hin und schlief ein. So war es am ersten Tag. Aber danach erholte ich mich recht schnell.

Schneeflocke hatte meine Wunden gereinigt und gepflegt. Dicke Krusten hatten sich darauf gebildet

und es würde schön abheilen. Ich betrachtete Schneeflocke jetzt mit anderen Augen. Sie war immer meine kleine Schwester gewesen. Jetzt fiel mir auf, dass sie nicht mehr klein war. Aber ich sah plötzlich auch die dunklen Ränder um ihre Augen und ihre eingefallenen Wangen.

»Du siehst müde aus, Schneeflocke«, sagte ich.

Sie nickte. Ihre Augen waren feucht.

Da erst fiel es mir ein. Ich hatte immer vergessen, sie danach zu fragen. Ihr Traum.

»Schneeflocke?«, fragte ich. »Hast du nachts noch immer so traurige Träume?«

Wieder nickte sie. »Ich traue mich nicht mehr, schlafen zu gehen«, sagte sie mit gedämpfter Stimme.

»Wovon träumst du?«

Mit großen Augen schaute sie mich an. »Von einem Schwan.«

Ich erschrak. Ein Schwan. Ich dachte an meinen Traum und an das Schwanenjunge, das ich im Stich gelassen hatte.

»Und er weint. Kannst du dir das vorstellen? Ein weinender Schwan?« Sie schluchzte. »Der Traum fängt immer gleich an. Erst sehe ich einen großen, weiten See. Ich sehe nur Wasser. Dann kommt ein Schwan herangeflogen. Er landet auf dem See und treibt dann einfach umher. Es sieht aus, als hätte er die Orientierung verloren. Und dann fängt er an zu weinen. Tränen fließen seinen Hals hinab und scheinen den See aufzufüllen. Als würden sie ihn noch größer und weiter machen. Und dann muss ich auch weinen. Der Schwan sieht so abgrundtief traurig aus. Und der See ist so riesig.«

Ich schluckte. Und ich hörte wieder Traums Stimme, die sagte: »Du musst gut für ihn sorgen.« Und mir war die Jagd wichtiger gewesen. Männersache! Das Schwanenjunge, das mir anvertraut worden war, hatte ich vernachlässigt. Wie könnte ich je Medizinmann werden, wenn ich nur Heldentaten vollbringen wollte? Erst hatte ich das Schwanenjunge vergessen und dann hatte ich es im Stich gelassen.

»Wir müssen zurück«, rief ich drängend.

Schneeflocke erschrak. »Warum? Was ist los?«

Ich erzählte ihr von der Schwanendaune, die sich in Traums Händen in ein Schwanenjunges verwandelt hatte. Dass Traum mir gesagt hatte, ich solle gut für das Tier sorgen, und dass ich das vergessen hätte. Den Rest verschwieg ich lieber.

»Du fehlst ihm«, sagte Schneeflocke.

Ich nickte schuldbewusst. Das hoffte ich wenigstens, denn dann lebte es immerhin noch. Es gab zwar Wasser bei der Höhle, aber ob es auch etwas zu fressen gab …

»Ruh dich aus, bis Schneller Pfeil zurück ist, danach gehen wir so schnell wie möglich zurück.«

»Wo ist er eigentlich?«

»Weg. Er ist fast immer unterwegs. Er jagt und zieht manchmal tagelang umher.«

»Hat er dich allein gelassen?«

Sie lachte. »Ich kann gut für mich selbst sorgen, Heulender Wolf, und die Hunde sind ja bei mir.«

»Aber was macht er die ganze Zeit? Zum Jagen braucht er doch nicht so lange wegzubleiben?«

»Ich weiß es nicht.«

»Und das macht er öfter?«

»Ja.«

»Sicherlich im Westen.«

»Ja«, sagte sie überrascht.

»Und du hast ihn nie gefragt, was er dort sucht?«

»Er antwortet nicht oder weicht mir aus.«

»Warum befragst du deine Steine nicht?«

»Ist es denn so wichtig?«

»Ich glaube schon.«

»Gut.« Mit der flachen Hand glättete Schneeflocke den Boden. Sie holte die Steine hervor und fing an sie sorgfältig aufeinander zu stapeln. Mittendrin hielt sie an. »Warum machst du es nicht selbst?«, fragte sie.

»Ich?«, fragte ich.

»Du hast eine Adlerfeder. Warum benutzt du sie nicht?«

»Wie denn?«

Schneeflocke schaute mich verzweifelt an. »Und du willst Medizinmann werden? Wenn ich es mache, findest du es wunderbar, aber selbst traust du dich nicht einmal, eine Feder zu benutzen.«

»Immerhin habe ich damit die Schlange verscheucht.«

»Ja«, sagte Schneeflocke, »aber jetzt fragst du meine Steine um Rat und die sagen, dass du es selbst tun musst.« Fest entschlossen hob sie die Steine auf und steckte sie weg.

Ich seufzte tief. Die Adlerfeder um Rat bitten. Leichter gesagt als getan. Nun ja, einen Steinhaufen bauen, ihn umwerfen und dann Linien ziehen, das war nicht so schwierig. Aber wie befragt man eine Adlerfeder? Ich löste meine Feder und hielt sie locker in der Hand. Ich flehte mein Totem an, ich betete zu dem Wolf, ich betete zu dem Adler. Und die Feder bewegte sich leise im Wind.

Dann knüpfte ich sie an einen Faden und hielt ihn so, dass die Spitze der Feder den Boden berührte. Ich rief den Adler an und stellte meine Frage. Ich rief die vier Winde an und stellte meine Frage. Dann starrte ich in die Ferne, bis die unendliche Weite vor meinen Augen verschwamm, und hielt die Hand ganz still. Ich überließ es dem Adler und den vier Winden, ihre Arbeit zu tun. Ich wartete ruhig ab, und als ich dachte, dass es lange genug gedauert hatte, schaute ich erwartungsvoll auf die Stelle, wo die Feder den Boden berührt hatte. Mein Herz sprang auf. Die Feder hatte auf der Erde Spuren hinterlassen. Ich entzifferte das Zeichen des Bären. Dann schaute ich stolz zu Schneeflocke.

»Und jetzt?«, fragte ich.

»Wieso ›und jetzt‹?«

»Ja, schön. Jetzt steht da das Zeichen des Bären, aber was hat das mit Schneller Pfeil zu tun?«

»Das musst du mich nicht fragen.«

»Nein, das solltest du mich fragen«, erklang eine Stimme.

Ich erschrak. Schneller Pfeil stand hinter mir. Wie hatte er uns gefunden? Wie viel hatte er gesehen? Wie viel hatte er gehört? Und warum hatten die Hunde nicht gebellt?

Ach ja, die hatten sich natürlich an sein Kommen und Gehen gewöhnt. Nicht einmal Wolf hatte geknurrt. Der lag mir noch immer friedlich zu Füßen. Ein schöner Wachhund.

Die Kralle des Bären

Schneller Pfeil setzte sich zu uns. Er schaute auf das Zeichen des Bären und dann zu mir. »So«, sagte er ruhig. »Das Zeichen des Bären.«

»Ja«, sagte ich und hoffte, dass er mir erklären würde, was es bedeutete. Aber er sagte nichts. Ich musste fragen.

»Bist du auf der Suche nach einem Bären?«, riet ich.

»Ja«, sagte Schneller Pfeil.

»Warum?«, drängte ich.

»Seine Krallen verleihen Kraft.«

»Suchst du eine Bärenkralle?« Ich fiel fast um vor Staunen.

»Ja.«

Und dann sprudelten Schneeflocke und ich los, redeten durcheinander und verhaspelten uns: »Aber der Bär ist doch viel zu stark.«

»Der Bär ist doch heilig.«

»Einen Bären kann man nie allein jagen.«

»Man darf keinen Bären töten.«

»Wen soll der Medizinmann um Rat fragen, wenn du den Bären getötet hast?«

»Es ist verboten.«

»Es geht nicht.«

Und wir schlossen beide mit der gleichen Frage: »Warum hast du uns nichts gesagt?«

Schneller Pfeil schaute uns müde an. »Eben darum. Weil ihr losschreien und sagen würdet, dass man das nicht darf und nicht kann. Aber es muss sein.«

»Wer will das?«

»Schwan.«

»Schwan?«

»Hat sie darum gebeten?« Schneeflocke konnte es nicht glauben.

»Ja, ich muss auf die Suche nach der Kralle eines Braunbären.«

Das war noch etwas anderes, als ein Wolfsjunges zu fangen. Die Kralle von einem Braunbären. Schwan musste sehr viel Vertrauen in Schneller Pfeil haben, dachte ich.

»Warum?«, fragte ich.

»Woher soll ich das wissen? Weißt du etwa, warum du mit einem Wolfsjungen zurückkommen sollst?«

»Nein«, gestand ich.

Das brachte meine Pläne ordentlich durcheinander. Ich musste so schnell wie möglich zurück und mich um den Schwan kümmern und jetzt sollten wir erst noch einen Bären finden. Und nicht nur finden, sondern ihm auch noch eine Kralle herausrupfen. Es war unmöglich.

»Hat sie das wirklich gesagt?«, fragte Schneeflocke nach einer langen Pause.

»Ja.«

»Ich kann es nicht glauben«, sagte Schneeflocke.

»Hast du deswegen kein Fett benutzt?«

»Ja«, sagte Schneller Pfeil.

»Aber jetzt doch?«, fragte ich, denn Schneller Pfeil hatte sich nicht einmal mehr gekratzt.

Er lachte. »Jetzt macht der Geruch nichts mehr. Zu Anfang wollte ich dem Bären auf die Schliche kommen, ohne dass er mich bemerkt, deswegen konnte ich kein Fett benutzen. Jetzt will ich, dass er mich findet, also benutze ich das Fett.«

»Du willst, dass er dich findet?«, fragte ich argwöhnisch.

»Sicher. Ich habe wochenlang gesucht und alles Mögliche gemacht, um ihn hierher zu locken, und jetzt ist er in der Nähe. Ich habe seine Spuren gefunden.«

Schneeflocke und ich schraken zurück.

»Ein Bär? Hier?«

Schneller Pfeil lächelte.

Ich schluckte meine Angst hinunter. »Aber … aber was passiert, wenn der Bär uns findet? Du darfst ihn nicht töten.«

»Und wenn er mich angreift?«, warf Schneller Pfeil ein.

Darauf wussten wir keine Antwort.

»Und wenn ich nun die Hunde mitnehme?«, schlug Schneller Pfeil vor.

Ich schüttelte verstimmt den Kopf. »Gegen einen Bären?«

»Ja«, seufzte Schneller Pfeil, »er würde sie einfach alle mit einem Tatzenhieb erschlagen.«

»Vielleicht ginge es mit dem Messer. In den Hals oder ins Herz. Aber dann gezielt mit einem Stich«, schlug ich vor.

»Nein«, sagte Schneller Pfeil. »Nein, dann müsste er aufrecht stehen und ich müsste sofort an ihn herankönnen. Nein, das geht nicht.«

»Wie hast du es dir denn gedacht? Du warst doch auf der Suche nach dem Bären?«

»Wenn ich einen gefunden hätte, hätte ich ihn mir erst genau angeschaut.«

»Als ob du dafür Zeit hättest«, sagte Schneeflocke.

»Ja«, schrie Schneller Pfeil sie verzweifelt an, »was soll ich denn machen?«

Und da wussten wir wieder keine Antwort. Ich wischte das Zeichen des Bären weg. Schweigend saßen wir und warteten.

Sturm war der Erste, der unruhig wurde. Er richtete die Ohren nach dem Geräusch, das für uns noch unhörbar war. Ich erspürte mit meinen Füßen die Umgebung. Das war aber gar nicht nötig. Wir wussten alle drei, dass ein Bär zu uns unterwegs war. Ein großer Braunbär, der uns mit einem einzigen Schwung seiner Tatze alle drei auf einmal erledigen könnte. Außerdem war ich noch sehr schwach. Was konnten wir gegen einen Bären ausrichten? Mein Vertrauen in Schwan sank.

Ich sah, wie Schneeflocke ihre Steine herausholte. Schneller Pfeil griff nach seinem Messer. Was sollte ich tun? Ich konnte mich nicht auf den Beinen halten. Zur Sicherheit wählte ich Pfeil und Bogen. Wir bewegten uns nicht, saßen nur still da und warteten.

Die Hunde wurden unruhig. Schneller Pfeil schaute mich fragend an und mit den Augen wies ich die Richtung, aus der der Bär sich uns näherte: genau hinter Schneller Pfeil. Wir hatten keine Zeit, etwas zu überlegen oder abzusprechen. Wir waren bereit.

Schneeflocke winkte die Hunde heran. Wolf stand neben mir. Die Geräusche um uns herum verstummten. Wir waren nicht die Einzigen, die wussten, dass der Bär sich uns näherte. Alle Tiere waren geflüchtet, nur wir saßen still da und warteten, die Nerven bis aufs Äußerste gespannt.

Dann konnten wir ihn hören. Und fühlen, denn sein schwerer Tritt ließ Mutter Erde erbeben. Wir hörten Zweige brechen und wir hörten sein leises Brummen.

Lautlos drehte Schneller Pfeil sich um.

Wir sahen den Bären, wie er aus großer Entfernung auf uns zukam. Er lief auf allen vieren, den Kopf aufgerichtet. Als er nur noch drei Meter entfernt war, stellte er sich drohend auf die Hinterbeine. Schneller Pfeil ließ ihn noch näher herankommen. Bis auf weniger als zwei Meter hatte der Bär sich uns jetzt genähert und dann passierte alles gleichzeitig.

Schneller Pfeil stieß einen lauten Schrei aus und sprang auf. Schneeflocke warf den ersten Stein. Er traf den Bären genau an der Schnauze. Und noch ein Stein. Der Bär winselte und versuchte sich mit seinen Tatzen zu schützen.

Schneller Pfeils Schrei war für die Hunde ein Zeichen, hochzuspringen und laut bellend zum Angriff überzugehen. Wolf machte brav mit. Schneller Pfeil stach dem Bären das Messer in den Bauch, viel höher kam er nicht. Laut knurrend und bellend bissen die Hunde den Bären in die Hinterbeine.

Der Bär ragte hoch über die Meute hinaus. Es war ein unglaubliches Spektakel. Der Bär brüllte, die Hunde bellten, Schneller Pfeil schrie und Schneeflocke kreischte.

Der Bär schlug um sich, ein paar Hunde flogen durch die Luft. Schneller Pfeil bekam einen Hieb quer über die Brust. Er krümmte sich und schrie vor Schmerz.

Jetzt konnte ich meine Pfeile abschießen. Ein Pfeil

traf den Bären ins offene Maul, ein anderer in der Nähe des Herzens. Aber der Pfeil durchdrang kaum den dicken Pelz des Bären. Aus seinem Maul tropfte Blut. Ein letzter Stein von Schneeflocke traf ihn auf die Schnauze und der Bär ließ sich vornüberfallen. Auf allen vieren lief er laut wimmernd davon.

»Hinterher«, schrie Schneller Pfeil, stöhnend und noch immer gekrümmt vor Schmerz.

Schneeflocke hielt ihn zurück. Sie drückte ihn vorsichtig zu Boden und er ließ sich folgsam fallen. Schwindelig kam ich hoch. Ich hatte zu viel Kraft verbraucht und setzte mich neben Schneller Pfeil.

»Wir haben es überlebt«, sagte Schneeflocke und mein Herz glühte vor Stolz.

Aber Schneller Pfeil standen die Tränen in den Augen. »Misslungen.«

Brüder

Es war schade, dass Schneller Pfeil so betrübt war, es minderte meinen Stolz und meine Aufregung. Schneeflocke behandelte seine Wunden. Quer über seine Brust verliefen vier Striemen.

»Immerhin hast du einen schönen Abdruck der Bärenkrallen«, sagte sie.

Aber Schneller Pfeil konnte darüber nicht lachen. Er starrte in die Ferne. Sobald Schneeflocke fertig war, sprang er auf. »Ich gehe ihm nach.«

Schneeflocke und ich protestierten, aber ohne Erfolg.

»Ich muss dem Bären helfen«, schrie Schneller Pfeil. »Jemand muss ihn von seinem Leiden erlösen. Und ich gehe allein.«

Das war mir eigentlich nur recht. Ich war aufgestanden, um ihn zurückzuhalten, aber dem Bären hinterherrennen konnte ich wirklich nicht.

»Dann geh«, sagte Schneeflocke und Schneller Pfeil rannte weg.

»Allein«, schrie er noch einmal.

Schneeflocke rief die Hunde zu sich. Sie tröstete und behandelte die Tiere. Ich streichelte Wolf und bat den Großen Geist, Schneller Pfeil zu helfen. Vielleicht war es möglich. Der Bär hatte viele Bisse und Messerstiche abgekriegt und der Pfeil in seinem Maul würde ihn sehr behindern. Es wäre für alle besser, wenn Schneller Pfeil ihn von seinem Leiden erlösen würde. Es tat mir Leid, dass ich ihn nicht begleiten konnte, wenn es auch nur zur Sicherheit gewesen wäre.

Schneeflocke sagte, dass er sich seine Trophäe vielleicht lieber allein verdienen wollte.

»Und was ist mit dir?«, fragte ich.

Sie lachte. »Schau dich doch an«, sagte sie. »Deine Wunden heilen gut. Schau dir die Hunde an. Schau, wie Wolf mit den Hunden spielt. Das ist mein Werk. Ich muss keine Tiere töten. Ich bin kein Krieger.«

»Ich auch nicht«, sagte ich.

»Warum tust du es dann?«

Ich zuckte mit den Schultern, aber es beschäftigte mich doch und ich musste an das Schwanenjunge denken.

Schneller Pfeil war nur noch ein Punkt in der Ferne. Ich betastete mit meinen Füßen den Boden. Weit weg war ein Bär, verletzt und erschöpft. Schneller Pfeil rannte noch. Er würde es schaffen. Er musste es schaffen. Auch weil ich zu dem Schwanenjungen zurückwollte. Die Schuldgefühle machten mir das Herz schwer.

Schneeflocke und ich packten bereits unsere Sachen zusammen, sodass wir gehen könnten, sobald Schneller Pfeil zurückkäme.

Danach ruhte ich mich aus und machte mir Sorgen. Es dauerte zu lange.

»Ich gehe ihn suchen«, sagte Schneeflocke.

»Ja«, sagte ich, als hätte sie auf meine Zustimmung gewartet.

Sie lief los, Sturm rannte vor ihr her. Ich fand es schrecklich, wie ein Schwächling zurückbleiben zu müssen. Ruhe fand ich auf diese Weise nicht.

Nach einer Ewigkeit, in der ich mich abwechselnd um das Schwanenjunge und um Schneller Pfeil sorgte, spürte ich den schnellen, leichten Schritt eines Hundes und dann die Fußtritte von Schneeflocke und Schneller Pfeil. Endlich kamen sie! Und sie rannten. Ich dankte dem Großen Geist und bat ihn, auch dem Schwanenjungen zu helfen.

»Der Bär ist tot!«, schrie Schneller Pfeil, als er mich sah. Er machte einen Luftsprung.

Wir standen uns gegenüber. Schneller Pfeil hielt eine geballte Faust hoch und öffnete die Hand. Auf seiner Handfläche lag ein großer, krummer Nagel: eine Bärenkralle.

Ich konnte nur eins tun. Ich füllte die Lungen mit

Luft, beugte mich vornüber und warf mit einem lauten Wolfsschrei den Kopf nach hinten. Mein Siegesschrei. Wir hatten es geschafft.

Schneller Pfeil lachte.

»Los, erzähl schon«, drängte ich.

Und Schneller Pfeil erzählte: »Er war geschwächt und versuchte deinen Pfeil aus dem Maul zu kriegen, doch der verbohrte sich noch fester. Er hat mich weder gesehen noch gerochen. Ich schlich mich von hinten an ihn heran, sprang ihm auf den Rücken und kletterte bis in seinen Nacken.« Schneller Pfeil machte einen großen Sprung, um zu zeigen, wie er es gemacht hatte.

»Ich umfasste seinen Kopf mit den Armen, packte den Pfeil und zog ihn zu mir, noch tiefer in seine Kehle hinein.« Schneller Pfeil hielt den abgebrochenen Pfeil in der Hand und machte es vor.

»Der Bär versuchte mich abzuschütteln, aber ich ließ nicht locker. Schau: so. Es dauerte lange, aber ich hielt durch. Mit den Beinen umklammerte ich ihn und zog an dem Pfeil, bis der Bär umkippte. Das war gefährlich, aber zum Glück fiel er nach vorne und nicht auf mich drauf, denn das hätte ich nicht überlebt. Und ich zerrte weiter an dem Pfeil, bis der Bär sich nicht mehr regte. Dann war er tot. Ich habe ihn gerettet.«

»Sie werden dich ›Freund des Bären‹ nennen«, sagte Schneeflocke.

»Hoffentlich«, rief er lachend. »Ich, Schneller Pfeil, der Freund des Bären.« Und er klopfte sich auf die Brust. Dann wurde er still. »Aber der Pfeil gehört dir. Ich habe ihn nicht ganz rausgekriegt.« Er gab mir den abgebrochenen Pfeil. Also erkannte er meinen Teil an dem Sieg an. Er schenkte mir seinen Sieg.

Ich nahm den Pfeil an. »Die Kralle gehört dir«, sagte ich. »Du bist dem Bären hinterhergegangen. Du hast ihn getötet. Du bist der Bärenfreund.«

Von diesem Augenblick an waren wir Brüder. Und wir konnten die Rückreise antreten. Viel zu langsam, denn wir waren müde, aber erfüllt von unserem Sieg.

Wir erreichten den Tiefen Fluss und übernachteten dort. Wir sprachen nicht viel. Es reichte uns, zu dritt – und mit Wolf natürlich – zusammen zu sein und unseren Siegesrausch zu genießen.

Stern

Die Rückreise dauerte länger als die Hinreise, obwohl ich schon besser durchhalten konnte. Ich bewunderte Schneller Pfeil, der mit der großen Wunde an seiner Brust weiterlief, als wäre das gar nichts. Ich versuchte in der Art von Wilder Schwan mit einem Minimum an Bewegungen zu laufen, aber es kostete mich Mühe. Von meinem Siegesrausch war nichts mehr übrig. Eine Stimme in meinem Kopf nörgelte: »Hätte ich nur dieses getan, hätte ich nur jenes getan«, aber das hatte ich nun einmal nicht. Ich lief so schnell wie möglich zu dem Schwanenjungen.

Von weitem konnten wir schon die Blauen Berge sehen, aber es dauerte doch noch drei Tage, bis wir den Bach des Einsamen Mannes erreichten.

Ich hatte in der Nacht schlecht geschlafen und am Tag brannte das Schuldgefühl in meinem Herzen. Als wir vor dem Felsen hinter dem Bach des Einsamen Mannes standen, pochte mir das Herz in der Kehle.

»Ich gehe zu …« Ich schluckte. »Zu dem Schwanenjungen.«

Schneeflocke und Schneller Pfeil sagten nichts. Was hätten sie auch sagen sollen? Sie wussten, wie viel Angst ich hatte. Sie setzten sich und ich ging mit Wolf weiter. Ich hatte keine Augen für all die bekannten Dinge um mich herum: die Bäume, der See, der Blick über das Tal mit dem Kreis von Tipis. Ich dachte nur an das Schwanenjunge. Wie würde es ihm gehen? Würde es überhaupt noch leben, nachdem es so lange ohne Nahrung dort oben in der Höhle gewesen war? Wie hatte ich ein Tier vergessen können, mein eigenes Totem, das mir anvertraut worden war? Ich betete, ich flehte: Mach, dass das Schwanenjunge lebt. Ich war es nicht wert, Lehrling eines Medizinmannes zu werden. Bitte mach, dass es lebt. Bitte.

Kurz vor der Höhle rief ich Wolf zu mir und legte ihm eine Leine um. Und mit etwas Futter in der Hand näherte ich mich der Höhle. Vorsichtig. Voller Angst vor dem, was ich zu sehen bekommen könnte. Behutsam, für den Fall, dass der kleine Schwan noch leben würde. Ich wollte ihn nicht erschrecken.

Bei der Quelle vorm Höhleneingang blieb ich stehen. Dort im Dunkeln bewegte sich etwas. Dann hörte ich Traums herzliches Lachen, das von den Wänden der Höhle zurückgeworfen wurde. Mit dem jungen Schwan in den Armen kam sie auf mich zu.

Mein Herz hüpfte vor Freude. Ich dankte dem Großen Geist. Ich dankte meinem Totem, Wilder Schwan. Und ich dankte Traum.

»Traum«, rief ich aus. »Er lebt. Dem Großen Geist sei gedankt. Er lebt!«

»Natürlich lebt er«, sagte Traum. Sie streckte die Arme aus und legte den jungen Schwan in meine Arme.

»Er lebt«, stammelte ich. »Was für ein Glück, er lebt!«

»Ich habe ihn versorgt, während du weg warst«, sagte Traum.

»Wie schön er ist.« Ich hielt das Tier an mich und fühlte, wie sein kleines Herz pochte.

»Du solltest ihn fliegen lassen, bevor es zu spät ist«, sagte Traum.

»Aber er ist so schön.«

»Schenk ihm die Freiheit«, sagte Traum.

Ich schaute fragend zu ihr auf: »Muss *ich* das tun?«

»Ja, er hat auf dich gewartet. Schenk ihm die Freiheit.«

Ich zögerte. Der junge Schwan war so schön, so weiß und so zart. Jetzt, wo ich ihn wieder gefunden hatte, wollte ich ihn für immer bei mir behalten, beschützen und pflegen. Das Tier lag so angenehm warm in meinen Armen und kuschelte sich zufrieden an mich.

»Er gehört doch mir?«, fragte ich Traum, doch tief

in meinem Innern wusste ich, was die Antwort sein würde.

»Gib ihm einen Namen«, sagte Traum, »und lass ihn los. Ein Schwan muss fliegen.«

Ich seufzte und ging zum Rand des Pfades. Ich schaute auf die Tipis, die tief unter mir lagen, auf den See und die Berge am Horizont und in den blauen Himmel. Dann nahm ich den Schwan in die Hände. Ich schaute in seine schönen Augen und suchte nach einem Namen.

»Stern«, sagte ich und ich wusste, dass es gut war. Dann streckte ich die Arme. Über der Quelle öffnete ich die Hände mit den Handflächen nach oben. Der Schwan sah von unten zu mir hoch. Er stellte sich auf die Beine. Er wackelte auf meinen Händen, als er sich umdrehte. Dann reckte er den Hals und stieß sich ab. Mit langen, geschmeidigen Flügelschlägen flog er weg, hoch über den See, der Freiheit entgegen.

Gemeinsam schauten wir dem Schwan nach. Von weitem erklang sein Schrei, ein Abschiedsgruß. Dann war es still. Am liebsten wäre ich ihm hinterhergeflogen. Genauso anmutig.

»Komm«, sagte Traum. »Heute Abend ist der Abend des zunehmenden Mondes. Ihr werdet von euren Erlebnissen berichten müssen.«

Mein Blick folgte noch immer dem kleinen Punkt hoch oben am Himmel.

»Morgen gibt es wieder eine Büffeljagd.«

»Ich werde nicht teilnehmen«, sagte ich.

»Nein«, sagte Traum. »Du hast einen anderen Weg vor dir. Schwan wartet schon auf dich.«

Mein Herz schlug voller Hoffnung. Sie würde mir beibringen, wie ich dem Schwan hoch über den See folgen könnte.

Der Flug des Schwans

In der Aufregung, die dann folgte, vergaß ich den Schwan. Wir wurden wie Helden empfangen und jeder bewunderte Wolf, der von all der Aufmerksamkeit unruhig wurde und anfing um sich zu schnappen.

Es war herrlich, wieder zu Hause zu sein. Meine Mutter verwöhnte uns. Sie drückte und küsste Schneeflocke wie ein Baby und sie behandelte meine Wunden, die schon fast abgeheilt waren. Ich genoss den stolzen Blick meines Vaters. Und ich genoss es, all meine Trophäen zu zeigen: die Adlerfeder, meine Narben vom Kampf mit dem Wolf, das Schwanzende und Wolf natürlich.

Am Abend des zunehmenden Mondes konnten wir unsere Geschichte erzählen.

Auch jetzt trat ich mit Schneeflocke in die Mitte, aber jetzt war Wolf bei mir. Die sechs Weisen saßen bereits dort. Und Schneller Pfeil. Ich setzte mich zwischen ihn und Schneeflocke mit Wolf zu meinen Füßen und ich wusste, dass wir zusammengehörten, wir vier.

Weißer Wind zündete die heilige Pfeife an. Ich liebte die würdevollen Gesten, mit denen er die Pfeife hochhielt und sie dem Großen Geist anbot. Ich genoss den schweren Trommelwirbel und die knisternden Feuer. Den Lichtschein, der im Takt der Musik über unsere Gesichter glitt. Das Zittern in meinem Bauch bei den tiefen Tönen der Trommel und den Duft der heiligen Kräuter.

Weißer Wind klopfte mit der Pfeife auf die Erde. Er hielt sie in die vier Himmelsrichtungen hoch. Er selbst zog als Erster an der heiligen Pfeife. Dann bot er sie den anderen Weisen an. So ging die Pfeife von einer Hand zur nächsten. Schwan war die Letzte. Sie übernahm die Pfeife von Weißer Wind und ich sah, dass es eine Abschiedsgeste war. Sie würde bald gehen und ich würde ihr folgen. Das erinnerte mich an Stern. Ich würde dem Schwan folgen.

Schwan hatte einmal an der Pfeife gezogen. Der Rauch schwebte an ihrem Gesicht entlang nach oben. Weißer Wind nahm wieder seinen Platz am Feuer ein. Er fing an zu singen. Die große Trommel und einige kleinere Trommeln begleiteten sein Lied.

Schwan ging mit der Pfeife um das Feuer und blieb vor mir stehen. Das Herz pochte mir in der Kehle. Mit zitternden Knien stand ich auf. Sie bot mir die Pfeife an, die heilige Pfeife!

Ich zog kurz daran. Der Rauch füllte meine Lungen. Es kribbelte und ich musste mich anstrengen, nicht zu husten. Langsam blies ich den Rauch wieder aus, so wie ich es für richtig hielt. Der Rauch stieg hoch und verband sich mit dem Großen Geist. Ich konnte es fühlen. Es war das erste Mal und es war, als würde etwas in mir geöffnet. Eine Verbindung zum Großen Geist. Ich gab Schwan die Pfeife zurück. Sie sah mich an, als wüsste sie, was ich empfand. Ich lachte glücklich. Es war so ein wunderbares Gefühl, mit dem Großen Geist verbunden zu sein, mit dem All. Es war, als könnte ich nicht nur Mutter Erde spüren, sondern gleichzeitig auch Vater Himmel, die Sonne, die Sterne.

Es war herrlich – als würde alles seinen richtigen Platz finden, als wäre alles, wie es sein sollte. Auch Schneller Pfeil und Schneeflocke bekamen die Pfeife. Schwan gab die Pfeife Weißer Wind zurück, der sein Lied beendete und uns die Gelegenheit gab, unsere Geschichte zu erzählen. Und man weiß ja, wie so etwas geht. Wir erzählten nicht nur, sondern wir sangen dazu und stellten viele Szenen dar. Alle machten mit, indem sie tanzten, Geräusche machten, stampften und klatschten und schrien – ängstlich, bewundernd und anfeuernd.

So erzählten wir die Geschichte, die ich hier erzählt habe. Allerdings dauerte es viel länger. Wir ließen uns alle Zeit, um die Spannung zu steigern und unsere Kämpfe mit der Schlange, dem Wolf und dem Bären zu zeigen. Auch Schneeflockes Arbeit mit den Steinen erntete viel Beifall.

Als Schneller Pfeil gezeigt hatte, wie er den Bären von seinem Leiden erlöst hatte, wurde es mucksmäuschenstill.

In der Stille stand Schwan auf und trat wieder zu mir. Mit der linken Hand fasste sie mich am linken Handgelenk und zog mich hoch. In der rechten Hand hielt sie ein langes, schmales Messer. Sie führte mich zu einem der Feuer. Das Messer hielt sie unten in die Flammen, meinen Arm hielt sie hoch darüber.

Ich hatte Angst. Ich erinnerte mich nur zu gut an unser Spiel mit den heißen Nadeln. Damals hatte ich den Schmerz nicht ertragen. In der Zwischenzeit war viel passiert, aber ganz sicher war ich meiner selbst noch nicht. Ich spürte, wie die Hitze an der Unterseite meines Armes leckte. Die Flammen schienen zu wachsen und versuchten eifrig, höher zu kommen. Schwan hielt mein Handgelenk ganz fest. Spürte sie nicht die Hitze, den Schmerz?

Ich wurde aufgeschreckt von Wolf, der mir gefolgt war. Er bleckte die Zähne und knurrte Schwan drohend an. Ich flüsterte ihm etwas zu. So würde er die ganze Zeremonie stören. Fragend schaute er zu mir auf. Ich lächelte ihn beruhigend an. Er traute der Sache nur halb, legte sich jedoch zum Glück hin.

Als ich wieder auf meinen Arm schaute, kreisten die Flammen schon um ihn herum. Ich hatte nichts bemerkt! Ich dankte Wolf und dem Großen Geist für ihre Hilfe und Ablenkung.

Schwan zog meinen Arm zu sich hin und drehte die Innenseite meines Handgelenks nach oben. Mit dem Messer schnitt sie dreimal schnell hinein. Ich spürte einen Schmerz, einen fürchterlichen, stechenden Schmerz. Aber ich war zu stolz, um mich davon durcheinander bringen zu lassen. Sie hatte mir das Zeichen des Schwans gegeben. Mit der flachen Seite des Messers hob Schwan etwas Asche aus dem Feuer und streute es in die Wunde. Es hörte auf zu bluten. Dann pustete sie sanft kühlen Atem auf meinen Arm.

Ich seufzte tief und war über die Maßen stolz und glücklich.

Schwan hielt meinen Arm hoch, sodass jeder das Zeichen des Schwans sehen konnte. Dann zog sie mich mit sich. Zusammen mit Wolf. Weg von den Feuern, weg von der Zeremonie. Weg.

Ich war nicht einmal erstaunt. Eigentlich hatte ich es schon gewusst, als ich Stern hochhielt und er wegflog, hoch über den See. Von diesem Augenblick an wollte ich nur noch eins: dem Schwan folgen in seinem Flug.

Und jetzt war es so weit. Ich folgte dem Schwan.

Mein Freund

Mein Freund
Sie kommen wieder
Auf heilige Art und Weise
Aus dem All
Pass auf, sie kommen wieder
Das All
Bewegt sich auf heilige Art und Weise
Pass auf, von dort
Aus der Geisterwelt
Werden sie wiederkommen
Pass auf
Sie kommen wieder

Nach einem Lied von Crazy Horse

Abenteuer in Nordamerika
Für Leser ab 12

Beim Flug über Arizona gerät die Cessna mit Brian und seinem Vater an Bord in einen Blizzard und stürzt ab. Die Lage ist kritisch: Brians Vater wurde bei dem Absturz verletzt und ihr Funkgerät zerstört, sodass sie keine Hilfe herbeirufen können. Und offenbar sind sie nicht allein: Eines Morgens liegt ein gehäutetes Kaninchen im Schnee. Darin steckt eine Steinspitze, wie sie prähistorische Indianerstämme verwendet haben. Sollten Nachfahren einer längst versunken geglaubten Indianerkultur in der Wildnis überlebt haben?

Werner J. Egli

DAS GEHEIMNIS DER KRÖTENECHSE

OMNIBUS Nr. 20038

OMNIBUS

Der Taschenbuchverlag für
Kinder und Jugendliche von C. Bertelsmann

Regina Saulrapp